UMA CHANCE DE CONTINUARMOS ASSIM
TAIASMIN OHNMACHT

UMA CHANCE DE CONTINUARMOS ASSIM

TAIASMIN OHNMACHT

Copyright © Taiasmin Ohnmacht, 2023

Editores
María Elena Morán
Flávio Ilha
Jeferson Tenório
João Nunes Junior

Capa: Cíntia Belloc
Ilustração de capa: Ville #6 (76cm x 96cm).
©Luciano Cian, 2020
Editoração eletrônica: Studio I
Revisão: Press Revisão

O38c Ohnmacht, Taiasmin
Uma chance de continuarmos assim / Taiasmin Ohnmacht.
Porto Alegre : Diadorim Editora, 2023.
128 p. ; 14cm x 21cm.
ISBN: 978-65-85136-03-7
1. Literatura brasileira. 2. Romance. I. Título.

2023-1411
CDD 869.89923
CDU 821.134.3(81)-31

Elaborado por Vagner Rodolfo da Silva - CRB-8/9410
Índice para catálogo sistemático:
1. Literatura brasileira : Romance 869.89923
2. Literatura brasileira : Romance 821.134.3(81)-31

Todos os direitos desta edição reservados à

Rua Antonio Sereno Moretto, 55/1201 B
Porto Alegre / RS
CEP 90870-012
contato@diadorimeditora.com.br
www.diadorimeditora.com.br

Ó mar!
Esquecer dói mais que lembrar.
Jorge Froes

SUMÁRIO

1. Claro demais	9
2. Marcela	17
3. Algo de muito errado	25
4. Sem retorno	31
5. O dia antes de amanhã	41
6. Meu nome é Paula	45
7. Clarão da Morte	51
8. O apagão	59
9. A cidade invisível	69
10. Matemasie	76
11. Tecnologia Sankofa	85
12. Retornos	94
13. Portas e portais	107
14. Eu ouço, eu guardo – Mate Masie	115

1. Claro demais

Eu não enxergo nada.

Por muito tempo tive pavor do escuro, vivia um terror absoluto quando acordava no meio da madrugada. O breu do quarto e o silêncio da casa me lançavam em uma sensação de perigo iminente, vivia a certeza de que algo me tomaria de assalto e me aniquilaria. Eu só tinha uma defesa: acender a luz. Na verdade, poderia gritar também, nada me impedia, ainda assim algo em mim permanecia lúcido o suficiente para saber que um grito resultaria apenas na aparição sonolenta e confusa de minha mãe. Melhor acender a luz.

Mas não agora.

Estou cega? Houve algo de muito errado no experimento que afetou minha visão? Não enxergo nada, apenas uma claridade ofuscante. Pouco aguento ficar de olhos abertos, o clarão é intenso e desconfortável. Não me tranquiliza.

Escuto barulhos, passos, tem mais alguém neste lugar; segundo o que ouço, julgo ser alguém que se move com cuidado. O meu medo só aumenta. Na minha noção de tempo, há alguns minutos eu estava na universidade, em uma sala que não deveria estar e fazendo algo que não era permitido. Isso é tudo o que sei. Se fui pega, não posso esperar por cordialidade. A hipótese de que algum segurança tenha me flagrado, me deixado inconsciente e me trazido para cá segue sendo razoável. Meu primo ficou com problemas para andar e falar na adolescência quando foi agredido por seguranças de um supermercado que o acusaram de pegar uma garrafa de uísque. Cresci escutando essa história e me perguntando por que ele não correu. Acho que primeiro o atingiram na cabeça, então, ele não pôde se defender. Será que foi o que aconteceu comigo e por isso só me lembro de entrar na Sankofa e depois acordar aqui? Não posso tocar na minha cabeça para ver se tem alguma lesão, mas não sinto dor e sigo pensando sem dificuldade. A dor que sinto é em um ponto do pescoço, não tenho como investigar o meu corpo, os meus braços e pernas estão presos, limitados por algo, não entendo o que está acontecendo, algo está me segurando, queria poder ver o que é.

Eu me pergunto se a pessoa que me mantém presa pensa realmente que estou dormindo ou inconsciente ou se ela sabe que estou acordada, assustada e tentando entender o ambiente. Talvez ela nem se importe, talvez eu seja insignificante, talvez existam outras pessoas acima dela, talvez não seja uma pessoa só, mas sim várias e eu é que seja incapaz de perceber a diferença.

Que lugar é esse?

Pelo menos meu nariz não me engana, o cheiro é de antissépticos. A única certeza é de que não estou na cabine de íons, a nossa Sankofa. Que lugar no Departamento de Física tem este cheiro? Nenhum, eu acho, quem sabe o Hospital Universitário. Se estive inconsciente, é possível que tenha acordado em algum hospital. Em que tipo de estabelecimento de saúde eu estaria presa? Estou em um manicômio? Estou no chão? Parece que meus olhos conseguem discernir algumas formas, são poucas. De repente, eu me lembro do laboratório de biologia. Não faz sentido, por que eu estaria no Instituto de Biociências? Laboratório, pensar nessa palavra me deu uma dor no peito. Parece que ela, a palavra, sabe mais do que eu sei.

É nas perfeições que se escondem as maiores perversões, onde escutei isso? Acho que foi em um seminário de Psicologia em que acompanhei um ex-namorado. Estranho recordar disso agora. Foi um relacionamento rápido, ele simplesmente desapareceu e nunca mais pensei nele.

Os olhos se acostumam à claridade, assim como acontece com a escuridão? Alguma aula de biologia mencionou isso? Como posso estar nessa situação e ainda tentar me lembrar do ensino médio?

Sei que estou no chão, o espaço é pequeno e fechado. Não vejo muito do lugar ao meu redor, percebo que é delimitado. Paredes?

Repassando minha situação: ao que tudo indica, estou presa numa espécie de cela sem grades, uma caixa de vidro? O curioso é que parece que saltei de um experimento no qual era observadora e caí em outro em que sou objeto.

Durante o tempo em que consigo ficar com os olhos abertos, investigo: é um ambiente de pesquisas, mas não o reconheço. Com certeza não é o Centro Tecnológico.

Quando entrei na cabine, tinha a minha bolsa e o meu celular. Não tenho mais. Também não tenho liberdade, algo me prende e no pouco que enxergo não tem nada que se pareça com meus objetos. E que roupas são essas que estou vestindo?

Escuto um barulho, alguém se aproxima de mim novamente. Eu só queria me encolher, me sinto exposta. Vou falar algo, perguntar, pedir ajuda, gritar.

O meu nome é Paula.

Tudo o que vivo é como um pesadelo. Mas daqueles pesadelos que têm um ponto, um pequeno vislumbre de desejo em meio ao terror. O que pode ser mudado e o que não pode? Nunca estive tão só. Um pesadelo que não posso contar. Ando como sonâmbula pelo campus sabendo que ele nem é mais. Todos se perguntam. Eu sei onde isso tudo vai dar. É um pesadelo sem sono e, por ser sem sono, não é possível acordar.

De repente, me dou conta de que já saí daquele lugar; apesar disso, o alívio dura pouco porque tudo o que aquela prisão significou está marcado em mim, e nenhum verbo conjugado no passado vai cancelar o futuro. Agora caminho entre os departamentos de ensino, se contasse para qualquer uma das pessoas que andam pelos corredores desta universidade, ninguém acreditaria. Quando cheguei em casa assustada, agarrada ao corpo de minha mãe e falando sem parar, tudo o que ela e meu irmão conseguiram escutar foram frases desconexas, e em seus olhares vi a certeza de minha loucura. Preferi o silêncio. Passou a ser quase insuportável ver o mundo caminhar como se o amanhã estivesse garantido no hoje. Só Marcela pode entender tudo o que tenho a dizer, eu preciso encontrá-la.

Hoje é um dia frio, quase ninguém na Resistência da Física. Três alunos conversam e bebem alguma coisa em um canto distante da sala. Não se importam comigo, estão acostumados a me ver por aqui. Ninguém pergunta quem eu sou, pensam que sou aluna, alguma que não conhecem. Quer dizer, eles sabem da fofoca, não que eu tenha a ver com ela. Para eles, eu sou apenas alguém esperando por informações de Marcela. Ninguém sabe, eu sei demais, não sobre minha amiga. Alguns a conhecem, outros apenas ouviram falar, não é vista há meses, me dizem, talvez o Rafa possa te contar, talvez ele chegue aí depois. Já perguntou para o orientador dela, o Ricardo? Isso eu não posso fazer, penso, mas não respondo para eles, seria explicar demais. O orientador entende exatamente a minha relação com a fofoca, e mais: ele sabe que eu não deveria estar perto do Instituto de Física.

Enquanto aguardo esse tal de Rafael, encontro uma revista, na verdade, é uma HQ futurista. Marcela me apresentou ao mundo da ficção científica e eu apresentei Octávia Butler para ela, teria sido uma troca justa se tivesse parado aí. Resistência. Curioso o nome que esse pessoal da física deu para o centro de convivência, me faz pensar nos movimentos populares, em slam, na resistência negra, e sobretudo em território livre, mas o grafite com a fórmula na parede acrescenta sentidos que desconheço.

Quem é o Rafa, e por que ele saberia de Marcela? Eu conheci várias amizades dela, mas não me lembro de nenhum Rafael. E se ele me conhecer mais do que eu a ele? A fofoca é que uma aluna da Letras foi expulsa por ter se chapado atrás do RU. Dizem que ela surtou, foi até o Centro Tecnológico e destruiu a cabine de íons. Mais do que isso, há quem jure que ela também vendia drogas. E se Rafa souber que essa de quem falam sou eu? E se ele reconhecer em meu rosto aquele que corresponde ao da fofoca?

Não importa o que digam, ninguém me conhece. Ninguém sabe o que realmente aconteceu, e que este ambiente é mais sombrio para mim. Neste campus cheio de verde, sou capaz de ver apenas cinza.

Preciso de alguém que possa me compreender e me ajudar a encontrar uma saída. Sei que não estou bem e que o meu raciocínio está confuso, Marcela ocupa os meus pensamentos de forma obsessiva, ela e o futuro, o futuro e suas formas. A minha amiga adora falar sobre o assunto, acho que por isso escolheu física, um modo de especular sobre o que vem pela frente. Preciso falar com ela.

Eu não entendo o que aconteceu para que o professor Ricardo tenha sido a primeira pessoa que vi quando me dei conta de que estava novamente no Instituto de Física, e ele foi a principal testemunha no processo administrativo para a minha expulsão da universidade. Esperei que Marcela aparecesse, esperei que ela me ajudasse a explicar. Perguntei por ela e ninguém me falava nada, ninguém reagia ao seu nome, era como se ela não existisse, a ponto de duvidar de mim mesma, de me sentir em queda, e pior, de volta ao laboratório, não ao de física, mas àquele outro em que prefiro nem pensar. E se não enlouqueci, pelo menos não mais do que já estou, é porque minha mãe sempre esteve ao meu lado.

Agora fora da universidade, estou formalmente

desligada, ainda assim um dia voltarei. Eu sei melhor do que ninguém. Tenho um compromisso com um outro tempo, isso me obriga a seguir, a não poder esquecer, e eu confesso que só queria chorar pela continuidade entre tudo o que verei, vi e vejo. Não sei mais usar os verbos.

Tentei explicar para a comissão que me acusava, tentei explicar para o Ricardo, tudo inútil. Como fazer isso sem Marcela? Cabine de íons, feixe de raios, viagem no tempo, Sankofa. Ninguém quis me escutar. Por que Marcela não apareceu para contar que fez um experimento incrível? Será que ela soube que deu certo? Ela é uma cientista, de verdade! Todos deveriam saber, principalmente o Instituto de Física, principalmente a universidade. Mas não sabem. Me acusaram de vandalizar o patrimônio público, é só o que repetiam. Sim, foi o que fiz, o que fizemos, não do modo como eles pensam, na verdade o que fizemos tem outro nome: criação. Como minha amiga costumava dizer, a Sankofa era nossa, foi ela quem a desenvolveu, quem soube aplicar as equações e pesquisar materiais. Sankofa de chips e energia quântica, e material de primeira da universidade. A Sankofa era minha porque líamos juntas *Despertar* e *A parábola do semeador*, e discutíamos sobre outros mundos possíveis e imaginávamos com Butler e imaginávamos. E fui eu quem atravessei. Fui eu quem vivi.

Acho que não me lembro de tudo, algo aconteceu com minha memória, preciso registrar, tenho medo de esquecer o amanhã. Sankofa, é preciso voltar. Sankofa, só se avança ao voltar. E se eu enlouquecer de vez? E se passado, presente e futuro se fundirem em minha cabeça? Um instante só, três tempos. Se eu tentar explicar, nenhuma palavra a mais sairá da minha boca e tudo terá sido em vão.

Quando me dou conta, já não estou mais na Resistência. Não esperei pelo tal do Rafa, talvez outro dia. O campus é estranho, tudo é. Eu tenho vinte e quatro anos, eu tenho vinte e quatro anos. Preciso repetir até me convencer, até me reconhecer. Porque, na verdade, não tenho mais idade alguma.

Eu preciso escrever.

2. Marcela

Sonho com Marcela. Busco o seu número no celular, escrevo alguma mensagem que não compreendo, as letras parecem não fazer sentido, resolvo enviar assim mesmo, a mensagem incompreensível vai forçá-la a me perguntar *por quê*. Aperto o botão de enviar, mas nada acontece, aperto de novo e de novo, cada vez mais ofegante, cada vez mais incrédula. Está escrito Laira? Me assusto!

Um barulho me acorda da angústia. Não há celular, só a brancura sem qualquer resposta. Tem mais alguém comigo. É ele? Ela? Está na minha frente, tento focar minha visão, já não tenho ideia de quanto tempo se passou e sigo sem saber onde estou. A pessoa fala, diz que posso abrir os olhos, que resolveram minha sensibilidade à claridade, pede que eu descreva o que vejo, quer saber se enxergo direito. Pela voz é um homem, por causa de seu traje de proteção vejo pouco de seu rosto, quase que só os olhos, a roupa justa confirma o corpo masculino.

Ele tem razão, não há mais claridade excessiva, ainda assim me sinto insegura, o que ele pretende? Cada vez mais me percebo vulnerável. Ele não parece me ver como uma ameaça, mas o modo como fala e seus gestos não são acolhedores. Tem a frieza de quem está só cumprindo tarefas. Não estou mais presa, posso me movimentar e verifico a integridade do meu corpo, tudo parece ok. Visto algo muito justo que não reconheço, o mesmo tipo de roupa que as dele, sem a proteção do rosto. Minhas mãos tremem levemente, estou à beira do descontrole, permaneço com o ponto dolorido no pescoço e fica pior quando toco. O homem anuncia que fará perguntas, quer saber se entendo o que diz, eu entendo, só que prefiro o silêncio.

Minha visão adaptada permite perceber muita tecnologia no ambiente, me esforço para identificar e não reconheço. De fato, estou em uma espécie de quarto de vidro, ele não é totalmente fechado, tem uma abertura livre para o laboratório, que é o espaço vizinho. Penso em me levantar e sair. Ao contrário do que imaginei antes, não estou no chão, e sim em cima de uma espécie de plataforma fria, de metal, ampla.

Ele quer saber de onde venho, a que grupo pertenço. Como assim, grupo? É do meu curso que ele quer saber? É sobre o movimento estudantil? Decido não me submeter ao que quer que esteja acontecendo, me levanto, ele não faz nenhum movimento para me impedir. Mal passo pela abertura de minha cela e me sinto muito enjoada, perco o controle do meu corpo, sinto que vou morrer.

Vomito no chão do meu quarto. Estou em casa, as cores são cinza porque só enxergo cinza, mas sei que estou em casa. Acordei? Eu não estava dormindo, não foi um sonho. Uma recordação? O que acontece comigo? Não é a primeira vez. Eu pesquisei sobre sonhos lúcidos, não me parece mais que seja isso, mesmo lúcidos eles não deixam de ser sonhos. Eu não estava sonhando, eu estava vivendo o que já vivi.

O barulho de louça que escuto da cozinha e o cheiro de café me fazem chorar de alívio. Eu estou em casa, perto de minha mãe. Desde o início tenho vivido em grande confusão temporal; para mim, se passaram meses entre o momento em que entrei na Sankofa e quando retornei para o agora. Para a minha mãe, foi uma noite em que ela ficou aguardando o meu retorno da faculdade, quando amanheceu e ela já estava bastante nervosa, recebeu uma ligação do diretório acadêmico para ir me buscar. Paula não tem condições de ir para casa sozinha. Nisso eles tinham razão, apesar das lembranças daquele dia serem confusas, eu sei que estava completamente sem controle. Perdi semanas desorientada, tomando vários remédios de tarja preta, e outras tantas semanas respondendo ao processo acadêmico, até minha expulsão. Um dia minha mãe chegou com um pequeno caderno e uma caneta e disse escreve, Paula, escreve tudo isso que te faz sofrer e que tu não tá colocando pra fora, *tu sempre gostou de escrever, filha*. Só então tudo começou a ganhar forma, realidade e sequência. Escrevendo vou desembaraçando os acontecimentos e reordenando minhas memórias. Não tenho feito mais do que escrever e perambular pela cidade. Ainda não sei como conectar todos os fios entre o agora e o amanhã, mas já entendi que não há começo sem Marcela.

Marcela, minha vizinha na infância, sempre foi apaixonada por tecnologia. Ela é alguns anos mais velha que eu, por isso pouco brincamos juntas. Além disso, quando criança eu já tinha dificuldade em me aproximar das pessoas. Antes de entrar para a faculdade, trabalhou durante um tempo como vendedora. Depois que ela passou no vestibular foi que eu entendi a universidade federal como um lugar que poderia ser para mim também. Escolhi Letras porque português era a minha matéria preferida no colégio, e sonhava ser professora.

Já na rua, caminho com o mesmo destino de todos os dias, o último lugar em que soube dela, Instituto de Física. Olho o celular, nenhuma mensagem, sequer visualizou as que enviei. Marcela deve ter trocado de aparelho, ainda assim o meu número continua o mesmo, por que ela não me procura?

Logo que entrou para a faculdade ela se mudou com a família para outro bairro, perdemos o contato e só fomos nos reencontrar por acaso na biblioteca central. Ela já estava no mestrado e eu, no final da graduação. Ela estudava propulsão eletromagnética e tinha interesse em astrofísica. Nessa altura da vida era improvável qualquer afinidade entre nós, os assuntos que Marcela propunha eram distantes de minha realidade e de meu conhecimento. Não de minha imaginação. E, conforme ela falava, eu ia dando consistência e preenchendo de detalhes as cenas dos tantos livros que li. Dessa forma se renovou nossa amizade.

Mesmo sabendo da mudez do celular, verifico o aparelho seguidas vezes esperando por alguma resposta, e o tempo se altera como acontece em toda espera. Meu peito dói, estou como em queda livre. Preciso falar com ela e não sei como. Não estou chapada como pensam, mas não estou bem, tenho visto isso no olhar preocupado de minha mãe.

A minha mãe. Me sinto em dívida com ela, uma dívida sem fim. Era para eu estar trabalhando, ajudando a sustentar a casa, era para eu já estar quase formada, no final da faculdade. Sentia um pouco de inveja de Marcela, a mãe dela percebeu a facilidade de aprender da filha e a incentivou a continuar os estudos. Não é que minha mãe não estivesse feliz em me ver estudando, é que nossa vida sempre foi difícil, e volta e meia ela tinha que batalhar muito para manter o básico.

Agora não tenho nada, nem trabalho, nem estudo, só urgência. O projeto de uma carreira acadêmica escorreu ampulheta abaixo. Sigo vindo com frequência ao campus; não sou mais aluna, e mesmo assim nunca me senti tão parte disso tudo como agora.

Às vezes, vejo o professor Ricardo pelos corredores, em geral de terno, um homem branco, sério, nem um pouco amistoso. Marcela nunca cogitou dividir suas ideias com ele. Eu me lembro de quando minha amiga começou a me contar sobre o experimento que estava fazendo no Centro Tecnológico, ela ficou curiosa em saber mais sobre o livro que eu estava lendo e comecei a tagarelar sobre a ficção científica feita por Octávia Butler. Era a abertura que Marcela precisava para criar confiança e passar a me falar sobre o dispositivo que estava construindo. Logo tive a ideia de chamar de Sankofa.

Durante o processo administrativo, Ricardo nunca quis me escutar. Ele não sabe, mas também faz parte desta história. A Sankofa tem por base os seus cálculos: segundo entendi, as pesquisas dele mostraram o caminho, Marcela usou uma parte das equações desenvolvidas pelo professor, tudo o mais foi trabalho dela porque só os cálculos não resolveriam se não houvesse pesquisa de material e a adaptação da cabine de íons feita por minha amiga. Ela me convidou para estar junto nos testes, a ambição era de que pudesse levar a uma aceleração do tempo, e em nenhum momento tive dúvidas de que estaria com ela até o fim do experimento; no entanto, nunca imaginei tudo o que veio a acontecer, ou que acontecerá. Muito discutimos sobre a direção do deslocamento no tempo, rapidamente concluímos ser o futuro o único sentido possível.

"E amiga, melhor assim, duas mulheres pretas no passado não têm como dar bom."

Entendi na hora do que ela falava: viagem ao passado, se existisse, seria para brancos, para nós os riscos seriam imensos.

Chego na casa de Marcela sem perceber que era para esses lados que estava vindo, já que saí cedo com a intenção de ir em direção ao campus. Uma vez a professora de produção textual pediu uma narrativa, um colega entregou um poema. Era longo e lindo em suas inúmeras estrofes, certamente ele havia trabalhado muito naquela escrita. A professora não aceitou o texto em formato diferente do que tinha pedido, o meu colega então respondeu: já escrevi muita prosa na minha vida, agora só escrevo poesia. Não sei por que ele disse isso, mas agora, ao me surpreender com minhas andanças, sem me dar conta de meu destino, eu penso: não ando mais em linha reta.

Não é a primeira vez que me vejo aqui nos últimos dias, e já entendi que a casa sempre fechada está vazia. Ninguém responde aos meus chamados: campainha, palmas, gritos. Talvez por pena ou curiosidade, uma vizinha vem falar comigo, eu explico que procuro minha amiga, tento falar com ela, as mensagens não chegam, o zap não deve mais ser o mesmo. A mulher me conta que não vê Marcela já há algum tempo, mas que a mãe dela viajou não faz muito. Consigo o telefone da mãe. Não me demoro em enviar uma mensagem, cumprimento, escrevo palavras amistosas e logo teclo o que importa: preciso falar com a tua filha, por favor, pede pra ela me procurar.

Ando pelas ruas que conheço desde sempre, são cinza, a impaciência dos carros empalidece suas cores, as pessoas passam concentradas em suas seriedades e o dia está nublado. Mesmo o meu olhar monocromático consegue perceber, o céu de Horizontes é cinza durante muitos dias no ano. Os meus sentidos funcionam, eu vejo, escuto, sinto o cheiro das ruas, tenho medo de não saber exatamente quando estou.

Olho para o celular e finalmente: Marcela!

"Oi Paula. Imaginei que vc fosse me procurar. Precisamos conversar né. Só que não posso agora, recém tive meu filho. Vamos ter que esperar um pouco mais."

Enlouqueci de vez? Que filho? Acabei digitando a pergunta junto com meu espanto.

"É, não cheguei a te contar, não nos falamos naquele dia, depois aconteceu tanta coisa pra mim, pra ti...minha vida mudou tanto...nada daquilo faz mais sentido pra mim, agora só o João importa. Sinto muito por tudo o que aconteceu contigo. Espero que vc esteja melhor agora."

João, um filho. Quanto tempo faz? Difícil absorver essa informação, por outro lado eu também não sou a mesma de antes. Entendi que Marcela construiu nossa Sankofa e nunca soube que ela funcionou. O futuro para minha amiga chegou de outra forma, através de João. E eu me pergunto agora: que futuro seu filho terá? Entre os que conheci no meu deslocamento, alguém tem o sorriso de Marcela? Ou os olhos de João? Tenho o direito de invadir a delicadeza do que ela vive com a brutalidade do que vivi? E o mais importante: algo realmente mudará?

3. Algo de muito errado

Caminho pela cidade esperando alguma mensagem, ao mesmo tempo sinto uma saudade dolorida. De Marcela? Às vezes parece que vou lembrar de alguém ou de algum lugar, algo que é como a felicidade do encontro. Talvez Marcela.

Depois de algumas semanas recebo um novo contato dela. Pergunta como estou, diz estar com saudade, quer conversar, mas não diz quando. A maternidade traz dificuldades de agenda. Ela não revela onde está morando. Entendi que sua mãe viajou para ajudar com o filho recém-nascido, uma cidade próxima ou distante? Eu não sei. Quanto tempo levará até o nosso encontro? Talvez seja melhor adiantar o assunto por mensagem mesmo. Eu voltei do futuro. A Sankofa funcionou. Tu sabe onde o nosso dispositivo está? Não faço, não quero assuntá-la.

Onde Marcela está? Essa é a pergunta que preciso fazer, eu posso digitar, ela vai olhar e responder, talvez demore, tem um filho pequeno. Algo de estranho acontece com a tela do celular, as letras perdem a nitidez, sou incapaz de ler, o aparelho cai no chão, são minhas mãos que tremem muito, tremem mais.

Por que você não dança?

Não foi ele quem falou, mas seus lábios estão se movendo, me forço a prestar atenção. Você não vai sair, ouviu?, ele diz. Sim, eu tentei fugir, mais de uma vez, agora me lembro. Ele ameaça voltar a me prender na bancada caso eu tente novamente sair da cela. Entendi que esta cela de vidro em que estou não tem porta porque algo em meu corpo se comunica com um sensor no vão de passagem, e cada vez que eu tentar sair, vou passar mal. Ele fez algo em mim, fez o meu corpo me trair. Posso morrer se tentar, ele explica.

Não há dúvida: estou em perigo, presa numa plataforma, sem correntes e sem grades, ainda assim presa. Só consigo mexer a cabeça, não entendo que força me mantém imóvel. E estou apavorada. Sou um espécime para ele. Com um pequeno aparelho, se aproxima dos meus olhos, investiga minha visão, faz algum tipo de leitura, examina meu corpo, e o mais assustador, manuseia um pequeno tubo que encosta em meu pescoço, sinto uma picada. O ponto dolorido e a súbita certeza de que ele já fez isso antes. Quantas vezes? Por que você não tem as mesmas defesas ou a mesma engenharia dos grupos conhecidos? Ele me pergunta, mas eu não sei do que está falando. Eu também tenho perguntas, ele responderia? Eu quero correr o risco de revelar a ele mais do que deveria? O problema é que não sei de nada, nem onde estou, nem o que ele quer.

Resolvo me arriscar e pergunto sobre o lugar em que estamos, quero saber o que ele está fazendo. Não sei o que aconteceu comigo. Eu me acidentei? Estou no hospital?

Óbvio que não é um hospital, foi uma pergunta porque não tive coragem de pronunciar em voz alta a minha principal suspeita: estou em um laboratório. E o pior foi o modo como ele me respondeu, ergueu um pouco o traje que cobre o rosto e deu apenas um leve sorriso, isso não é um diálogo. Tão ruim quanto ver a expressão de seu rosto é ver sua pele, é de uma brancura que não parece humana. Ou melhor, humana sim, mas com um aspecto doentio.

Após fixar o meu corpo na plataforma ele começa a falar, e não é comigo.

"Indivíduo N. 1053. Encontrado inconsciente no setor F, do ambiente de cultivo. Despertou após 10 dias de sono induzido. Inicialmente tido por fuga ou invasão, os exames são inconsistentes, apresentam padrões biológicos desconhecidos, nenhuma defesa dos grupos. Material contém traços genéticos de interesse à pesquisa 2487C. Necessidade de maiores investigações."

Não é comigo! Ele não está falando comigo! Me ignorou! Está registrando uma experiência! Nem sei o que me desespera mais: o tempo que já estou aqui ou a situação desgraçada em que me encontro. Não tenho mais controle de nada, choro e ele faz o quê? Coleta minhas lágrimas e volta a registrar.

Indivíduo foi encontrado com objetos arcaicos.

Escuto um barulho alto, estridente, é meu grito que chegou antes que eu percebesse. Eu não sei onde estou! Eu não sei quando estou! O que fui fazer? Que mundo é esse?

E continuo gritando, grito, grito e grito.

O que houve? O toque leve em minha mão me assusta e eu quase derrubo a cadeira. Olho surpresa ao meu redor, nada é claro demais, apenas o conhecido RU do campus. Que salto foi esse? Tive um novo apagamento? Preocupada, abro a pequena bolsa que carrego, ali está meu o celular, não o perdi, observo que a tela tem uma pequena rachadura que não tinha antes. Recordo: as minhas mãos tremeram, ele caiu no chão, e depois?

Tudo bem contigo? Ele me pergunta. E quem é ele? Um cara branco sentado à minha frente no RU. Estou atrapalhada, sem entender, embora saiba onde estou. Com um movimento de cabeça, tranquilizo-o de que estou bem. Ele me diz, como quem continua uma conversa que já vai pelo meio, que não viu mais a Marcela, soube que ela foi desligada do mestrado na ocasião da depredação do Centro Tecnológico. Não sei bem como, mas parece que ela teve algo a ver com aquilo. Rafa! Ele deve ser o Rafa a quem eu estava procurando um tempo atrás. Mesmo sem entender como nossa conversa começou, ou como cheguei ali, ou quando, arrisco a dizer em voz alta uma conclusão, *tu era colega dela. Mais ou menos*, ele me responde, *fizemos algumas disciplinas juntos, mas não éramos próximos*. Minha amiga foi acusada pela destruição no Instituto de Física, algo que eu fiz! Ela nem estava lá, mesmo assim foi punida e não pôde continuar no grupo de pesquisa do Ricardo. *Por que acharam que ela esteve envolvida com o que aconteceu naquele dia?* Essa última pergunta faço diretamente para ele. Ele afirma não saber e em seguida começa a questionar minha relação com Marcela, pede para eu repetir meu nome, acho que quer saber o meu nome inteiro. De repente, percebo que o rosto dele é familiar, de um jeito que dá medo, a pele é mais do que branca, é desbotada, um fantasma. Eu já vi esse rosto, outros iguais a este, chega a ser estranho. Algo se agita em mim, uma urgência, preciso sair dali.

A primeira coisa que percebo é a claridade natural. Um dia de verão. Sinto meu corpo diferente, não estou mais no RU, mas conheço bem esse lugar. É o pátio do colégio onde estudei! Como estou aqui? Isso não tem nada a ver com as anomalias do tempo que tenho experimentado, não pode ter! Eu estava no início da adolescência, nada de viagem no tempo, nem de faculdade! Ao fundo escuto risadas e gritos. Vai, neguinha relaxada, junta tuas coisas! Vai deixar tudo aí? Não, não posso ter voltado pra esse momento! Estou no meio do pátio, meus livros e cadernos espalhados pelo chão, minha mochila aberta como um corpo violado. Como já vivi isso, sei que quando começar a juntar minhas coisas vou perceber que a violência de meus colegas foi tanta que fez um rasgo na mochila. A faxineira vai vir e jogar tudo no lixo! Mais risadas. Ajuda ela, limpa o pátio, limpa! Sentindo meu corpo menor do que ele é, me preparo para fazer o mesmo que fiz no passado, um passado no qual eu não tinha a menor ideia do que era Sankofa. Olho as minhas mãos pequenas e elas tremem. Elas não tremiam naquela época. Ou já tremiam?

O que você faz com seu ódio?

Essa voz não é do passado. É voz de uma mulher adulta, eu deveria saber de quem, mas não sei. Olho para os adolescentes que ao longe zombam de mim. Essas palavras não são de nenhum deles. De quando é essa voz?

Trágico destino, ela repete. Repete? Eu já escutei isso antes?

Tudo some, tudo fica escuro, escuto uma música. É uma música tranquila que me acalma, mesmo não enxergando me sinto em casa. O som vai se aproximando cada vez mais até eu identificar. Não é uma música, é minha mãe conversando comigo. Agora enxergo, estou na cozinha de casa, minha mãe prepara o almoço enquanto fala coisas de seu dia a dia. Olho minhas mãos, tremem um pouco, e agora são do tamanho de meus vinte e quatro anos. Percebo que a voz de minha mãe muda de tom. Ela me fala de sua preocupação com minha depressão. Eu me espanto com a palavra, sei que não estou bem, mas gostaria de ter a certeza que ela tem quanto ao uso dessa palavra. Tu está há tanto tempo sem sair de casa... Não te vejo falando com ninguém, sempre sozinha, nenhum projeto de vida. Sim, eu penso, ela está preocupada como qualquer mãe, mesmo sem saber da gravidade do que acontece comigo. Algo que ela diz me toca de um jeito diferente: tanto tempo sem sair de casa. Que dia é hoje, pergunto para ela. Cinco meses se passaram desde que troquei mensagem com Marcela! Não acredito. Busco o meu caderno de anotações, tem muitas páginas que não me lembro de ter escrito. Palavras soltas, não são uma sequência de ideias. Um nome se repete, Laira. Eu quase me lembro. De quê? A imagem se dissolve antes de se definir. E nenhuma palavra sobre minha amiga, acho que o encontro ainda não aconteceu.

4. Sem retorno

Enfim juntas, ela está mais quieta do que nunca e eu não sei como dizer. Mesmo com tanto silêncio, espero dela algum acolhimento. E de repente aposto que é a amiga mais especial, a pessoa que reconstruirá minha história, que desvendará meus mistérios. É ela? É com ela que sonho? Marcela, das longas tranças pretas enroladas no alto da cabeça, os dedos longos e as unhas bem-feitas segurando o celular. Está bem maquiada, como sempre, ainda assim eu sei que sua pele escura tem a cor uniforme. Desde a infância admiro a beleza dela, que me faz lamentar o meu marrom desbotado. Quando cheguei na adolescência as espinhas passaram a ser minha preocupação, hoje em dia assumo as manchas da acne passada. Eu deveria me maquiar, não faço. Não tenho tempo.

Não sei quando Marcela voltou a morar em Horizontes na casa de sua mãe, mas foi o que permitiu nosso encontro.

"Eu sabia que um dia precisaríamos conversar, agora é estranho, tanto tempo depois."

O leve tremor em minhas mãos faz um pouco do café cair na mesa, volto a colocar a xícara no pires. Olho para ela e tento sorrir.

"Paula, está tudo bem? Os teus olhos... estão cinza?"

O que posso responder? Posso explicar como o mundo se tornou cinza para mim? Que o ambiente movimentado e mal iluminado da cafeteria era escuro demais para mim? Talvez mais tarde, talvez tarde demais.

"Agora, estando contigo, tudo parece bem. E João? Como está?"

"Está bem, crescendo."

"E nós? Nossa amizade? Tu não queria mais falar comigo?"

Vi um olhar de mágoa. Talvez tenha me precipitado.

"Não queria."

O meu tremor aumenta, novamente ela olha para minhas mãos. Não posso permitir que se afaste de mim, tenho que ir aos poucos, falar o que preciso falar, pedir ajuda e perguntar, mas devagar. Mantenho minhas mãos embaixo da mesa. *Dança*. Não, de novo não. Não posso me perder agora. Preciso permanecer consciente.

"Não tenho orgulho daquela época, Paula. Acho que te atrapalhei com as viagens da minha cabeça sobre o futuro, e agora minha vida mudou muito. Nem tenho mais tempo para os papos que tínhamos. Agora só falo sobre criança e vivo cheirando a leite."

"Não fala assim, Marcela. Tu tem todos os motivos pra te orgulhar. Olha, eu tenho algo muito bom pra te contar. Funcionou! Tu precisa saber que funcionou! Tu fez ciência!"

Pronto. Agora me precipitei. Até as minhas mãos saíram debaixo da mesa e se agitaram em gestos. Ela levanta da cadeira, eu também. Tenho poucas chances.

"Eu preciso ir, Paula. O João tem horários."

"Tu disse que se sentiu culpada por mim, então, tudo o que peço é que me escute."

No passado eu não apelaria para a culpa, chantagem emocional, eu diria. Agora nada disso tem importância. E deu certo, retornamos à mesa.

"Presta atenção. Eu viajei no tempo, aconteceu, eu fui para o futuro."

Ela revirou os olhos e isso me deu uma dor enorme.

"Tu não tá bem. Desculpa eu falar isso, tu não tava bem e continua não estando."

"Marcela, tu não estava lá, eu te esperei. Tu disse que seria especial e foi. Escuta eu te contar o que aconteceu."

"Paula, escuta tu. Eu tenho uma história pra te contar. Naquele dia, eu marquei pra nos encontrarmos no Instituto de Física porque eu queria te falar que estava grávida! Não tinha nada a ver com viagem no tempo ou com a Sankofa. Nem me lembrava disso, só estava feliz demais e queria dividir contigo! Marquei lá porque era o lugar onde costumávamos nos encontrar e eu sabia que tu tinha aula naquela noite, nada além disso. No final, nem consegui ir, e só no dia seguinte eu soube o que aconteceu contigo."

Não, não soube. Ela não faz ideia de que isso que vivi e que ela chama de loucura tem tudo a ver com ela. Preciso ser cuidadosa com o que falo e, mais do que isso, preciso que Marcela acredite; se isso não acontecer, todo o resto está perdido. Eu estou perdida, mas pouco importa, acontece que não posso correr o risco de perder tudo. Isso está para além de mim.

"Tu não chegou a ir?"

"Não. O pai do João foi lá em casa. Nós já tínhamos conversado, mas ele pediu para nos encontrarmos à noite, foi uma conversa tensa, como tantas outras que tivemos depois. Esqueci de desmarcar contigo. No dia seguinte, me arrependi de tudo, acontece que a minha vida estava num turbilhão, eu já não tinha como te ajudar."

Ela não foi. Além de não saber de nada, também não viu a Sankofa pela última vez.

"Eu fui lá, Marcela. As portas de acesso às salas do Centro Tecnológico estavam fechadas, mesmo assim entrei com a cópia do crachá que tu deixou comigo. Acionei a Sankofa pra te esperar, não sabia o que tu ia fazer, por isso deixei a nossa criação preparada e fiquei te esperando. Até que aconteceu. Não foi um sonho, não foi alucinação."

"O crachá. Quando te encontraram viram a destruição do ambiente, vários aparelhos quebrados, e encontraram meu crachá na tua bolsa. Nós sempre andávamos juntas, todo mundo já tinha visto. Depois encontraram uma série de modificações na cabine de íons que não tinha por que imaginar que uma estudante de Letras fosse a responsável. Eu nem me lembro direito o que meu orientador falou, parei de escutar quando ele disse que eu estava desligada do mestrado, entendi que ele não me denunciou formalmente para não expor os problemas na segurança e porque, afinal, eles não tinham nenhuma prova de que eu tivesse passado por lá. A minha cabeça estava na descoberta da gravidez, na tensão com o pai do João. Eu fui egoísta, não me inteirei sobre o teu processo, e deixei que acreditassem que tu roubou meu crachá, mesmo que qualquer busca no sistema comprovasse que eu tinha dois. Por tudo isso, Paula, eu só posso te pedir desculpa. Mas o preço foi alto pra mim também."

Ela se levanta e eu não tenho força nenhuma para ir atrás, mesmo assim não desisto.

"Volta, Marcela. Eu preciso de ti. Nós fizemos uma boa dupla. É pelo futuro. Tu não pensa que é importante que exista um futuro para o teu filho?"

Mais um golpe baixo, o filho. Logo eu percebo o meu erro, agora ela me olha com raiva, não devia ter feito nenhuma referência a João.

"Paula, tu precisa de ajuda especializada. Eu não sou psicóloga, mas tu já te deu conta de que nunca teve amigos? Eu era quase que tua única amiga, desde quando éramos crianças. O que tu quer de volta é nossa amizade. Não tem retorno, Paula. Nenhum retorno."

Ela vai embora e me deixa sozinha na cafeteria. As suas últimas palavras me atingem. Não do jeito que ela esperava. Uma lembrança.

Sem retorno. Sem retorno. Um futuro sem possibilidade de acessar o passado é pura angústia. Sem retorno, e eu me lembro de minha mãe, de meu irmão, de minha casa. A nossa Sankofa foi feita para avançar no tempo, não para voltar. Sem retorno, e não há qualquer dúvida de que estou no futuro.

O vidro que me cerca é também um monitor, palavras surgem nele ao toque pelo lado externo: minha identificação, N. 1053, e alguns padrões de medida; minhas funções vitais? Não é uma projeção, é algo como cristal líquido.

O que tem no futuro? Uma prisão tecnológica. Estou em outro setor, o local é imenso, eu ocupo um pequeno espaço (ainda contida por vidros, ainda em cativeiro), há grandes placas de vidro retangulares na ampla sala ao lado, elas se alinham em colunas perpendiculares ao chão. Umas exibem informações de diferentes tipos, outras não têm nada, parecem apenas vidro transparente.

Certas placas parecem mostrar o mundo fora do laboratório. Algo como imagens de segurança com excelente definição mostram um mundo cinza, não sei se é o mundo ou o meu olhar, o certo é que não reconheço nada. Exceto pelas árvores, nada lembra o campus, nem nenhuma outra região da cidade. Identifico uma praia, o mar. Horizontes é litorânea, eu viajei só no tempo? O espaço é o mesmo?

Movimentos interrompem minha observação, um grupo de sete pessoas se aproxima do lugar onde estou, suas vestimentas não têm a parte que cobre a cabeça, são todos muito parecidos, sósias? Parentes? Parecem cópias uns dos outros, o rosto com os mesmos traços, os olhos acinzentados, a pele de uma claridade estranha. Exceto por duas pessoas ao centro que são mulheres negras, as primeiras que vejo desde que avancei no tempo. Eles chegam perto de minha cela, parecem aguardar algo dessas duas mulheres, elas me investigam com o olhar, eu as encaro com a coragem que ainda me resta, então elas respondem com um sinal negativo para o resto do grupo a uma pergunta que não ouvi.

Uma dessas pessoas interrompe o dispositivo que me impede de deixar o meu cativeiro sem passar mal e me convidam a sair. O grupo se desfaz, ficam apenas um homem branco e uma das mulheres negras. Não enxergo nuances de cores desde que comecei a suportar a claridade excessiva, ainda assim o contraste da pele negra dela e a monotonia branca me causam certo fascínio.

Sou levada para a sequência de vidros-telas. Eles selecionam algumas imagens e me pedem para prestar atenção.

"Você reconhece algo? Veio de algum desses lugares? Conhece alguma dessas pessoas?"

É o homem quem me pergunta, enquanto a um comando que não identifico – IA talvez – as imagens vão mudando e o foco se aproximando.

"Não podem ser câmeras de segurança", quando percebo já falei. A qualidade da imagem, o ângulo de captação, a amplitude de cobertura, tudo indica ser outro tipo de tecnologia... De repente, me esforço para entender o que vejo, a imagem é ótima, só é inesperado demais.

SEM RETORNO, escrito num muro. SEM RETORNO, pichado numa parede. SEM RETORNO, letreiros em um portão. Um grupo de pessoas protestando: SEM RETORNO.

Estou zonza, escuto ao longe o homem me fazendo perguntas, mas já não identifico o que ele diz.

Mais cedo me dei conta de que estou no futuro e que não tenho como voltar. Essa angústia é minha! Sem retorno, eu sei o que essas palavras significam. Por que as encontro neste mundo estranho onde sou ninguém e não tenho lugar? Este mundo que não conhece Sankofa. Será que delirei e essa frase não é minha? Será que primeiro a vi nas imagens das placas e depois elaborei um raciocínio insano? Ou será que nem sou do passado e só estou perdida na minha cabeça?

Sinto eles me conduzindo para a plataforma, vão me fixar novamente, não tenho forças para lutar contra isso, não vou lutar contra mais nada. Estou apavorada, estou realmente muito apavorada. Quero esquecer tudo o que acho que sei. Quero esquecer quem sou, quem fui, de onde vim.

O homem aproxima a plataforma onde estou de uma das placas de vidro, ela está transparente, sem imagens. Ele e a mulher conversam, eu só entendo algumas palavras soltas, eles falam muito rápido. O homem levanta as pálpebras de um de meus olhos e joga luz, o desconforto com mãos estranhas me manipulando é maior do que com a claridade. Depois injeta algo no meu pescoço, dói como uma picada, ele tira minha roupa e fala sobre meu corpo para a mulher, parece uma palestra ou uma apresentação. Eles se interessam especialmente pela marca de vacina no meu braço. Um aparelho percorre a extensão de meu corpo, acho que me lê por dentro. Olho novamente para a placa e me assusto, eu estou lá, a imagem de mim mesma deitada na plataforma com essas duas pessoas me estudando. Eu pareço um cadáver em aula de anatomia. Nenhum inferno pode ser pior do que isso. Lilith conheceu o futuro e não passou por tudo isso, ficou séculos sendo acordada e adormecida. Eu preferia ser uma personagem de Butler. Dou risada dos despropósitos de meus pensamentos enquanto reviram a minha carne. Enlouqueci e ninguém liga. O homem pega um pequeno objeto pontiagudo, o posiciona. Não é possível! Ele vai me cortar! Não vejo mais nada.

Abro os olhos: ao contrário do que acreditei, estou viva. Apenas eu e a mulher no laboratório. Busco verificar a integridade de meu corpo no espelho da placa. Nada. Agora não é mais que um vidro. Nem me assusto com a aproximação da mulher, seus lábios carnudos estão muito perto do meu rosto.

"Imagens de satélite, era como se chamava na tua época." Simplesmente não sei do que ela está falando. "As imagens externas que você viu nas telas." Ela explica e continua, "presta atenção, vou falar rápido, ele já vai voltar. Estou contigo, mas você vai precisar ser forte, tem coisas que não tenho como evitar. Não confie na outra mulher que estava junto. Ela vem do mesmo lugar que eu, no entanto não é confiável. Eu sei quem você é, e eles já desconfiam, vamos dar um jeito de te tirar daqui antes que eles consigam o que querem. Até lá, continua em silêncio."

Essa é a voz! O meu choque é tanto que derrubo a xícara de café no chão. Uma funcionária vem limpar e eu fico olhando o café no piso branco enquanto me lembro do rosto preto daquela mulher que me encheu de dúvidas e me deu alguma esperança com suas palavras e com os seus lábios tão próximos de mim. Duas discordantes de um mundo muito claro.

Por que não recordava dela? Por que só agora ela?

Vou para minha casa confusa. Talvez Marcela tenha razão, talvez eu só precise procurar uma boa profissional que não me dê apenas remédios. Não é possível que tudo isso tenha acontecido.

Eu sou a Paula que sempre teve medo de tudo. Eu sou a Paula que nunca soube ser sociável. Aquela que era zoada pela turma inteira. Agora me sinto a inutilidade que meus colegas sempre me apontaram ser. De repente tudo faz sentido, e a imagem que se apresenta não é boa. Eu criei um mundo em que havia alguém, uma voz tranquilizadora, eu inventei tudo para me sentir especial, para não me sentir sozinha. Com certeza me perdi, estou fora de mim.

Chego em casa, está vazia. Meu irmão está com seus amigos, provavelmente. Bom saber que alguém da família Souza tem amigos. A minha mãe ainda está em seu horário de trabalho. Chega de toda essa história, o que preciso agora é encontrar um emprego e ajudar a minha família. Esquecer todo o resto.

5. O dia antes de amanhã

Dia 1: Eu sou responsável. Sou a pessoa que cuida de Maya, Pandora e Vodka. Duas fêmeas e um macho. Pego eles por volta das sete horas, uma hora de caminhada, passar por portões, latidos intensos, postes marcados. Recolher as merdas nos jardins, cuidando para não soltar as guias. Às seis da tarde, repetir tudo de novo. Preciso de tanta força para controlar os cachorros que acho que nem tenho mais as mãos trêmulas. Status: vivendo um cotidiano normal.

Dia 6: O trabalho deveria ser simples, mas Maya e Pandora são difíceis de controlar. Já Vodka não poderia ter nome mais adequado, parece sempre chapado. Agradeço por isso. Não tenho por que me preocupar com o futuro, está tudo muito bom. Status: nada como um dia depois do outro.

Dia 8: Minha mãe chegou animada em casa, disse que conversou por acaso com uma menina que disse me conhecer da época do colégio. Ela descreveu a pessoa achando que eu ia ficar feliz em saber e, na verdade, nem tentei identificar. Daquele povo só quero distância, já tenho problemas demais. Maya é impossível, Pandora é barulhenta, só fico tranquila com Vodka. Ganho pouco e tenho uma vida simples, está tudo bem, não quero me exigir muito. Status: comecei terapia.

Dia 12: Não sei o que falar para a psicóloga, ela fica me olhando como se eu tivesse muito a dizer, prefiro estar com os cachorros. Acho que não foi uma boa ideia procurar tratamento, talvez eu precisasse antes, agora minha vida tá indo. Sem ter muito o que falar, resolvi falar sobre o tempo. Status: faz muito frio em Horizontes.

Dia 15: Tive um sonho estranho. Acho que foi com o colégio, e ao mesmo tempo não era bem o colégio, eu estava deitada em um branco do pátio, branco não! Em um banco do pátio, como fazia quando era bem pequena. A diferença é que no sonho me sentia em pânico por estar naquele banco. Isso é tudo de que me lembro, depois acordei com a sensação de que algo terrível vai acontecer. Na verdade, não tenho vivido nada que não seja o mundo ao meu redor, minha casa e os passeios com os cachorros. Repito para mim várias vezes ao longo do dia que tudo está bem e assim vai continuar. Status: Bem, mas apreensiva.

Dia 17: Hoje é domingo. Passei o dia vadiando e escutando as risadas do meu irmão assistindo a vídeos no YouTube. Cheguei a pensar em ver alguma coisa também, desisti porque tenho evitado usar o celular. Não sei o que fazer da minha vida *já fiz* tapei os meus ouvidos para não escutar, e claro que não funcionou. Não vou pensar nisso, nem no ponto dolorido do meu pescoço. Provavelmente me machuquei quando criança. Alguma brincadeira ou briga com meu irmão. Tenho problemas de memória. Vou dizer isso pra psicóloga, ela pode me ajudar a escolher o que devo lembrar e o que devo esquecer. Status: cansada de pensar.

Dia 18: Saí com os cachorros sem a menor paciência, e nem eles queriam saber de mim. Por que não podemos deixar os cachorros livres e ponto? Cachorro sabe passear sozinho, se não voltar é porque nunca foi teu. Um poeminha bobinho sobre amor e pássaros fazia sentido quando eu era adolescente, agora melhor usar com cachorros. Quero os animais todos soltos, liberdade para todo mundo! Às vezes imagino como seria se eu os soltasse, eles correriam para onde? Acho que Vodka nem sairia do lugar. Finalizo o meu dia como o esperado, levando Vodka, Maya e Pandora de volta para suas casas. Status: inquieta.

Dia 19: A psicóloga não demonstrou o menor interesse em me ajudar a selecionar memórias, e ainda me perguntou sobre as memórias que quero esquecer. Poxa, qual parte do *quero esquecer* ela não entendeu? Então inventei, ou não muito, que o meu problema é que sou muito quieta e quase não tenho amigos, e ela me perguntou se o que quero esquecer tem a ver com amizades. Marcela me veio à cabeça e nem consegui responder. Só pensava

Por favor me diz que não sou louca

Por favor me diz que não sou louca

Por favor

Status: quero desaparecer

Dia 25: Ontem saí da terapia e mal pude controlar minha mão para apertar o botão do elevador. Elas tremiam como nunca e eu desejei estar segurando firme as guias dos cachorros. Hoje ainda vou sair com eles. Preciso voltar a pensar apenas em minha rotina, me concentrar no dia a dia, continuar com minha vida comum. Status: ando sentindo um aperto no peito.

Dia 28: COMO FUI ESQUECER? Agora pela manhã levei os cachorros para passear. Eu já estava com

Pandora e com Vodka quando busquei Maya. Logo na saída do prédio ela achou que latir para mim era uma boa ideia, e mal me deixou andar. A cachorra resolveu me enlouquecer em um dia em que eu já não estava bem. Zombei do meu desejo de segurar firme a guia, de onde tirei que isso me faria bem? Em seguida, por algum motivo, me veio a recordação de Marcela sentada no café observando o tremor de minhas mãos, e em seguida me perguntando sobre os meus olhos. COMO EU FUI ESQUECER? Os meus olhos! São cinza! Isso está à vista de todos. Ela percebeu que os meus olhos são cinza, não eram antes. Eu tenho uma prova, eu tenho como provar. Quando dei por mim, estava parada com Maya pulando ao meu redor e latindo, Vodka deitado no chão assistindo como quem cansa só de olhar e a guia de Pandora frouxa em minhas mãos. De algum modo a cachorra se soltou e correu livre pela rua. Status: estou viva, muito viva.

6. Meu nome é Paula

Horizontes, antes da engenharia e da separação. Meu nome é Paula. Assim que retornei, tive que lidar com uma confusão mental que me tornou incapaz de dormir por mais do que algumas poucas horas e, além disso, acordar sem saber nem quando nem o quê (ou quem). É uma sensação estranha, eu sabia que era alguém, um ser vivo, mas quem? Levava um tempo (segundos, minutos) para recordar. O meu nome é Paula. Quando percebi que escrever me ajudava a resgatar o mínimo: uma identidade que insiste em fugir, nunca mais parei. E escrever mesmo, digitar no word ou no celular não me ajuda, preciso da folha e da caneta. Ficarei sem minha caneta, fiquei sem minha caneta,... estou me perdendo de novo. Meu nome é Paula. E posso escrever.

No futuro eu não tinha papel e caneta, nem celular. Aparentemente, o aparelho sumiu quando atravessei a Sankofa. Um bloco de notas teria me ajudado a enfrentar os horrores que vivi. Agora, enquanto escrevo, me dou conta de que nem tudo é descontrole: encontrei com Marcela, primeira etapa, nada posso sem isso. Registrando: agora ela é professora de Física, ensino médio e tem um filho. Contar para ela era inevitável, e não só porque eu queria muito que ela soubesse que o experimento deu certo.

Hoje, semanas depois, apresentei a prova indiscutível. Fomos a um oftalmo. Consegui um horário em pouco tempo, uma dessas clínicas populares. Marcela entrou comigo; uma amiga, parente, companheira, tanto faz o que tenham pensado.

O exame de retinografia causou o efeito esperado. Confuso, o médico primeiro duvidou do aparelho, depois se levantou do banco assustado e começou a me fazer muitas perguntas. Ele era quem menos importava; com um movimento rápido, minha amiga foi até o aparelho enquanto eu me posicionava novamente para ela ver o fundo de meus olhos.

Ind. 1053

O. Desc.

M. G. Intocado

Ano 253 D/S.

Fomos expulsas do consultório pelo próprio médico, mas não foi isso que deixou Marcela atordoada. Indivíduo 1053, origem desconhecida, material genético intocado, ano 253 Depois da Separação. Ela repetia para si mesma tentando compreender o significado das informações abreviadas que me acompanharão para o resto de meus dias. Os meus olhos são acinzentados, eu não enxergo cores, suporto intensas claridades e carrego no olhar a marca do futuro que nem mesmo todas as lágrimas do mundo poderão apagar. E, apesar de tudo isso, ainda me chamo Paula.

"Eu não sei nem o que pensar."

Ela falava comigo com ternura enquanto segurava minhas mãos. Não me importei em chorar, mesmo estando em um parque em que várias pessoas passavam por nós. Algumas olharam curiosas, outras só atravessavam o parque como quem tem algum destino sério. Nos abraçamos e choramos juntas. Então eu contei. Contei sobre a Sankofa e o deslocamento no tempo, sobre o excesso de claridade, sobre a violência por trás da perfeição, sobre a tecnologia, a arquitetura urbana e o céu.

"Como pode acontecer? Não tinha nenhum selecionador de datas, nenhum acionador apropriado. Estávamos apenas na fase de testar a ligação entre componentes e informatizar os comandos. Como foi aquela noite, Paula? Tu lembra de algo em especial?"

"E me deslocar no tempo não foi especial?" Rimos ainda com lágrimas nos olhos. Eu nem sabia que ainda era capaz de alguma leveza. "Eu estava em aula no campus quando recebi a tua mensagem, saí da sala mesmo antes do fim. Percebi que tinha algo muito especial no jeito como tu escreveu, pensei que fosse algum avanço para a Sankofa... Bem, agora sei que era o anúncio do João."

"Tu estava perto ou dentro da Sankofa?"

Procurei recordar, era difícil, naqueles instantes antes da travessia o meu pensamento estava longe.

"Sim, eu sentei dentro da Sankofa pra te esperar, costumava fazer assim porque se alguém entrasse na sala, talvez não me visse."

Marcela pegou o celular e buscou o arquivo meteorológico de Horizontes daquele dia. Sem chuva, sem raios, temperatura na faixa dos 25°C, vento forte.

"Vento? Será que foi isso? Teve alguma oscilação de energia?"

"Não. Acho que não."

Algo me dizia que nem tudo foi tão normal naquele dia. Eu saí da sala de aula mais cedo porque queria muito ver Marcela. Mas talvez não tenha sido exatamente assim. O problema é que vivi tanto absurdo em seguida que os momentos anteriores caíram no esquecimento.

O que você faz com seu ódio?

Mesmo antes de receber a mensagem, eu estava muito desconfortável na aula e esse foi o meu principal motivo para sair mais cedo. A atividade era um seminário de apresentação de trabalhos. E esse drama eu conhecia bem. Às vezes eu conseguia, às vezes não. O que não falhava era a sensação de estar sendo severamente julgada por todos na sala. Em qualquer sala de aula. Naquela noite, eu me senti muito mal, muito deslocada. Cada rosto que olhava pra mim era mais um na pavorosa sequência de rostos que me acompanhavam desde o ensino médio. E minha apresentação foi atrapalhada, cheia de erros, brancos e dificuldade em encontrar palavras. A aula seguiu, outros colegas foram apresentar seus trabalhos, mas naquela altura a minha mente me xingava dos piores insultos. Eu precisava fugir, correr e encontrar um lugar isolado para me amaldiçoar e sofrer. Quando cheguei na Sankofa já estava chorando, a ponto de soluçar. Eu me encolhi, me balancei, fiz qualquer coisa que me acalentasse. Isso não vou contar para Marcela. Se eu falar, todo o resto vai soar como um enredo delirante da jornada de herói para compensar minhas dores. Tem coisas que são só minhas. Nada tem a ver com meu deslocamento no tempo.

Durante a maior parte da conversa acompanhei minha amiga em sua investigação mental para desvendar como se deu a travessia, a curiosidade em descobrir como algo funciona sempre foi algo típico dela. Apesar disso, eu precisava aproveitar a oportunidade de finalmente fazer as perguntas que me pareciam fundamentais.

"Me disseram que tu saiu do mestrado em Física e foi para a Biologia."

Marcela, querida, espero que um dia tu possa me perdoar por minhas mentiras.

"Biologia? Não. De onde tiraram isso?"

"Não sei, só disseram. E eu fiquei pensando se algum conhecimento na área não poderia nos ajudar a entender melhor tudo isso."

Ainda por cima, menti mal. Mentira pueril. Tive que improvisar, ela estar pesquisando algo na área da biologia era uma possibilidade e explicaria muita coisa, não do jeito que dei a entender, mas explicaria. Eu estava enganada e simplesmente fiquei sem saber como prosseguir.

"Engraçado tu achar que eu migrei pra biologia, meu namorado é biólogo, quando nos conhecemos ele também pensou que eu fosse da área. Devo ter cara de bióloga, sei lá. Ele trabalha num laboratório grande, multinacional."

Ela tem um namorado? Biólogo?

"Tu não chegou a conhecer ele, né? Começamos a namorar um tempo depois do João nascer."

"Ele trabalha com quê?"

"Ele faz pesquisas genéticas e tem interesse em imunologia também. É alguém que pode nos ajudar a tentar entender esses experimentos do futuro, mas acho que, por enquanto, prefiro não falar nada pra ele."

Eu me apressei em concordar com ela. Ninguém além de nós duas deveria saber o que aconteceu. Já bastava o professor Ricardo que, embora não soubesse tudo, sabia mais do que eu gostaria.

"Marcela, tu sabe que fim levou a Sankofa? Pelo menos tem alguma ideia de onde ela possa estar?"

Ela não sabe. Perdemos a Sankofa. Na época, ela nem ligou em ter sido convidada a se retirar do mestrado, depois que engravidou ficou tomada pelas questões da maternidade e do relacionamento conturbado com o pai de João. E eu demorei muito para retomar minha vida. Quem pegou a nossa criação pode ter feito qualquer coisa com ela, inclusive o que eu devo fazer: destruí-la. Preciso ter certeza de que não há qualquer risco de ela estar por aí. O problema é definir por onde começar. O certo é que ela não está mais no Centro Tecnológico, agora nem cabine de íons tem lá.

O fio da meada está onde começou, na universidade, e depois?

Observação final: eu não contei tudo.

7. Clarão da Morte

Não consigo descrever a sensação de não ter qualquer gerência sobre o meu corpo. Sou alguma coisa, um ponto isolado escondido em minha cabeça e que, apesar de tudo,pensa. Não me fazem mais qualquer pergunta e me tratam com cuidado, não com um cuidado humano, mas como objeto de valor incalculável, e mesmo assim um objeto. Equipamentos me medem, coletam sangue e secreções de meu corpo, fazem fricções em minha pele, e acho que fizeram alguma incisão no meu abdômen. Não tenho certeza, assim que pude revistei o meu corpo e não vi cicatriz, difícil de entender o que aconteceu porque sei que não estive lúcida o tempo todo.

Mesmo sem condições de distinguir pesadelo de realidade, acredito que a mulher que dias antes me confortou com seu toque e sua voz chegou silenciosa ao meu lado, manipulou meu corpo e aplicou algo em minha pele que me causou ardor. Foi a única pessoa que se aproximou de mim desde que me tornei objeto de estudo, e me feriu. O que pensar dela?

A verdade é que não tenho mais nada a dizer, além de dor e desespero. Quero o silêncio, a solidão e talvez a morte.

Tudo certo com o professor Ricardo. Agora temos um plano.

Tenho pensamentos que não reconheço. Que tipo de experimentos estão fazendo? Tudo o que percebo é que estão mexendo com minha cabeça.

Abro os olhos, mais um espaço claro demais. Várias cabines-celas, muitas pessoas presas. São diversos, ninguém com as feições, os olhos cinza e a palidez extrema que se repete naqueles que me violentam. Algumas pessoas estão presas na plataforma, outras não. Eu estou livre para andar no pequeno espaço, não divido a cela com ninguém. Volto minha atenção para a plataforma, quero entender, observo de diferentes ângulos. É de metal, não sei como é acionado nem como funciona o sistema que nos mantém presos. Talvez Marcela pudesse me explicar se estivesse comigo.

Somos separados por vidros, já aprendi que não são simples vidros ou monitores, é biotecnologia que se comunica com aqueles que me violentam. Essas placas leem o meu organismo, mas não respondem ao meu toque.

Eu me aproximo do vidro que divide minha cela com outra à direita, chamo a atenção das pessoas que ali estão, são duas, uma olha para mim e pergunto, mais com gestos do que com palavras, por que nos prendem neste lugar. Assim que falo, o vidro deixa de ser completamente transparente e passa a emitir uma série de dados. O casal ao lado não me escuta, o vidro sim. A mulher parece desconfiada, mesmo assim sobe na plataforma de sua cela e me chama para conversar através de um respirador que fica no alto do vidro-monitor.

"Você não sabe? É só olhar pra ti pra ver o que eles fazem."

"E em vocês também? Em todos?"

Ela confirma movimentando a cabeça e depois pergunta se nunca me contaram para onde vão as pessoas que somem dos grupos. Tem um tom de deboche em sua voz, eu ignoro. Quero saber mais, quero saber por quê.

"Material genético, pesquisa."

"Como assim?"

Ela não responde, volta a atenção para o homem com quem divide a cela. Ele fala algo que não escuto e acho que também chora. A mulher o abraça sem dizer nada.

Alguém me chama na cela do lado oposto. Também usa a plataforma para alcançar as fendas de nossas divisórias.

"Podemos conversar, mas as reações de nossos organismos estão sendo avaliadas o tempo todo. Em geral não se preocupam muito com o que falamos, exceto quando o algoritmo capta algumas palavras. Estratégias de...de...sair, entende? Ou combinações de...ações contra. Enfim, outras coisas que não posso falar agora."

Ela demonstra tanta segurança e determinação que só escuto.

"Eles precisam do nosso material genético, e o teu é virgem, é mais do que eles esperavam."

"O que eles fazem com isso?"

"Pesquisas. Tentam resolver um problema que criaram pra si mesmos desde a época dos seletos, a verdade é que estão morrendo, e eles sabem disso. Por isso chamamos esse lugar de Clarão da Morte. O triste é que se estamos aqui, vamos morrer também."

Clarão da Morte. Estão morrendo? O que eu posso dizer com segurança é que eles estão me matando. Sinto raiva, muita raiva, quero mesmo que morram.

"Por que tu acha que sabe algo sobre mim?"

As letras e os símbolos mudam freneticamente no vidro enquanto conversamos.

"Desde que o Clarão descobriu que você não tem nenhuma manipulação genética nem marcadores imunológicos, as notícias correram e chegaram no nosso povo."

Começo a rir e não sei bem por quê.

"Mas quem sou eu nesse mundo?"

A pergunta é mais para mim mesma do que para ela.

"Você é aquela anunciada por nossos ancestrais."

Despertei em casa. Estava em minha cama, no meu quarto. Não foi um sonho, não foi um delírio. Eu estive lá. Isso aconteceu, está acontecendo e aconte-cerá. Apesar de não saber mais conjugar os verbos, eu sei o que vivi. É um fato, eu tenho uma missão, não me recordo de tudo, os detalhes me fogem, ainda assim estou me movendo por isso. Será que estou mudan-do alguma coisa ou apenas cumprindo um destino?

A mulher que falou comigo nas celas me disse que sou a anunciada. O seu nome parece tão próximo de me chegar aos lábios, pressinto ter alegria e tristeza nesta lembrança que quase vem e que escapa.

O dia mal clareou e as minhas mãos estão bas-tante trêmulas, o celular me informa a hora, é cedo. A quantidade de chamadas não atendidas e as inú-meras mensagens enviadas por Marcela acrescentam outra informação: estou cinco dias atrasada. É muito tempo perdido. Onde estou quando perco o tempo assim? Na maioria das mensagens ela também quer saber por onde ando. No último zap ela já está quase conformada com minha ausência.

"Falei com tua mãe. Ela me disse que vc não tá bem. Estou preocupada. Quando puder me liga. Não esquece, TMJ."

É isso, devo ter passado todo o tempo no quarto, mas em que condições? Como o meu corpo foi capaz de viver sem mim?

Antes de minha ausência, discutimos uma estratégia para descobrir o que aconteceu com a Sankofa. Marcela é a pessoa adequada a essa tarefa. Não há qualquer possibilidade de eu tomar a frente agora. Repasso em minha mente todos os detalhes, penso o tempo todo nas informações que já tenho e tento antecipar o que pode dar errado.

Tudo certo com o professor Ricardo. Agora temos um plano. Minha amiga procurou o ex-orientador e se desculpou, disse que não sabia que eu tinha sérios problemas. Anormal, foi a palavra que ela usou, confesso que achei ofensiva e antiquada, mas para ele fez sentido. Ela explicou que eu roubei o seu crachá, e que ao sentir falta mandou fazer outro. Que aceitou se afastar do mestrado porque engravidou e sabia que teria dificuldades em continuar. Não sabemos o quanto ele acreditou, o fato é que aceitou ela novamente em seu grupo de pesquisa e prometeu ver como ficaria a formalização de seu retorno, ela era uma aluna acima da média. João não é mais recém-nascido, embora ainda demande muito de Marcela, por isso o seu retorno ao mestrado de Física é uma farsa, precisamos de proximidade com Ricardo.

Eu não teria como fazer isso. Não é como se o orientador de minha amiga não tivesse me visto peregrinando pelo campus, ele viu, mas enquanto eu não entrar no Instituto de Física e no Centro Tecnológico ele nada pode fazer. Tenho agradecido todo este tempo às ações afirmativas por ter tornado a universidade um ambiente diverso, felizmente este é um momento em que uma mulher negra pode transitar entre os alunos sem causar muita estranheza.

Por enquanto, essa parte do plano parece ir bem. Confio completamente na minha amiga, mas ela criou um fio solto para minha missão. Apesar de ter falado que preferia não compartilhar com o namorado nada sobre Sankofa e a estratégia que traçamos, ela confessou que acabou falando, não tenho como criticar. Eu não teria feito o mesmo? Eles são namorados. Segundo Marcela, ele não acreditou, riu e disse que o círculo de amizades dela era uma coleção de espécimes bizarras. Isso que ela não falou todos os detalhes, sobre os meus olhos ela nem comentou. Melhor assim.

Posso ter sido uma alma penada em minhas andanças pelo campus, apesar disso, sempre estive atenta a meus objetivos. Consegui traçar alguns passos do professor através de alunos e de ligações para o departamento, propus reuniões falsas e, a partir das respostas, montei os horários dele.

Ricardo é bastante metódico, a maior parte de sua semana é rastreável, sem qualquer mistério. O único furo em sua agenda é na quarta-feira, dia em que ele está no Instituto de Física apenas pela manhã. À tarde, de acordo com a secretaria do programa, ele deveria estar na Reitoria, em alguma reunião. O problema é que ele não está, tampouco está em casa, e quando perguntei por ele, fui informada que após o meio-dia ele está a serviço da universidade em agenda externa. "Todas as quartas?", eu perguntei. "Sim, todas as quartas." Óbvio que ela não sabia me dizer que serviço externo era esse. Havia um dado ainda mais intrigante, ele só voltava para casa tarde da noite. Mesmo sendo um homem solteiro, não foi difícil descobrir quando ele está em casa e quando não, e nas quartas ele retorna quase na madrugada. Poderia estar em um encontro amoroso? Poderia, mas preciso de certezas, e é difícil seguir os passos de alguém tendo apenas uma bicicleta como meio de transporte.

Marcela ainda está tentando entender as implicações de meu relato e do que viu em meus olhos, a curiosidade tem ditado todos os seus movimentos. Ela é livre para viver a leveza e a alegria das descobertas, eu não.

Algo já sabemos, não existe mais cabine de íons no Instituto de Física, nem a casca de nossa Sankofa e nem uma nova cabine. Marcela buscou alguma informação sobre o equipamento. Disseram que estragou e que estavam esperando a aquisição de uma nova. A responsável pelo dano? Uma ex-aluna de outro curso que invadiu e vandalizou o Centro Tecnológico. Eu, no caso. Disso tudo, o mais intrigante foi a informação de que ninguém sabia o paradeiro da cabine de íons danificada. Ninguém. Foi levada, era tudo o que diziam. O professor Ricardo explicava menos ainda, não respondeu nada e minha amiga teve que lidar com um desconfortável silêncio, indicativo de que esse não era um assunto possível. O curioso é que a nova atribuição dela como pesquisadora junto ao grupo de orientandos era a pesquisa de materiais: os mesmos que usamos na transformação da cabine de íons.

Temos pistas, leves indícios e Ricardo segue sendo nossa melhor aposta.

8. O apagão

Querida Paula, me desculpe usar algo tão precioso pra ti, sei que não é correto, mesmo assim preciso encontrar algum meio de me sentir próxima. E escrever no teu caderno é um modo de esperar a tua volta.

Eu liguei pra ti várias vezes e tu não atendeu. Então procurei tua mãe e ela me disse que tu não está bem de novo. Pedi para te ver e ela deixou. Vou te contar, amiga, como é quando acontecem tuas ausências. Tu fica parada, com o olhar distante. Responde a perguntas simples apenas com sim ou não, e apesar disso tuas respostas têm alguma coerência. Cheguei na tua casa ao meio-dia e vocês estavam almoçando. A tua mãe e teu irmão tinham o olhar triste, tentaram chamar tua atenção para a minha presença e tu nem olhou para mim, terminou de comer e, com movimentos lentos, se levantou e foi para o teu quarto. A tua mãe me incentivou a ir junto, mas mesmo lá tu não estava. Vi teu caderno ao lado da cama e queria tanto falar contigo que o tomei como uma extensão de ti. Não pedi autorização para ninguém. Se essa liberdade que me permiti for um problema, na tua volta nos entendemos. Agora estou na minha casa, escrevendo nele algo como se fosse uma carta, enquanto o meu namorado brinca com João e minha mãe assiste a um filme. Eu contei que meu bebê já está dando os primeiros passinhos?

Como tu sabe, não costumo escrever. Por isso o que vou fazer será mais ou menos um registro, até para poder organizar os últimos acontecimentos.

• Quarta-feira teve uma banca de defesa do doutorado de um aluno do professor Ricardo, o grupo de orientandos decidiu sair para comemorar nos bares da orla. O professor confirmou presença. Eu enviei uma mensagem pra ti avisando que ia para o bar com eles, porque essa seria a oportunidade de conversar com o professor em ambiente informal.

• Tu visualizou a mensagem e respondeu com um emoji de rostinho feliz.

• Fiquei no bar bastante tempo, e o grupo estava muito animado, mas Ricardo não apareceu. Fiquei surpresa porque vi ele deixando o campus no seu carro, sozinho. Tinha certeza de que ele iria aparecer. Não faço a menor ideia do lugar para o qual ele foi, tudo o que sei é que o plano improvisado não deu certo. Frustrada, decidi ir para casa e ficar mais tempo com o meu filho.

• Enquanto esperava o carro do aplicativo, peguei o celular pra te avisar que deu tudo errado. Vi uma chamada não atendida. Tu. Tentei ligar de volta várias vezes, e as ligações iam direto para a caixa de mensagens, o teu celular não recebeu minhas chamadas. Agora te espero, amiga, ansiosa por saber por que tu me ligou. Por onde anda? Ou quando? Espero encontrar em breve tuas palavras.

Oi, Marcela.
Sempre que retorno é confusa e assustada, en-

contrar tua letra me ajuda a ter calma e segurança. Por muito tempo na minha vida senti solidão, não tem a menor chance de eu me queixar dos sinais de tua presença. Tu esteve duas vezes na minha casa, é isso? É o que sugere o meu caderno estar ao lado de minha cama novamente depois de ter escrito nele.

Tu quer saber o que aconteceu e eu tenho muito o que contar, apesar disso a história que carrego não corresponde à racionalidade de tuas palavras. Posso começar te dizendo

Um dia, no futuro, eu saí da monotonia branca.

O ar, a terra, o céu. A cidade que não é mais minha, mas é liberdade.

É difícil acreditar que estou aqui fora, quando até pouco tempo atrás eu estava temendo e desejando a minha morte, em mais uma longa noite presa. As noites no cárcere são deprimentes, e acho que são assim em qualquer lugar e em qualquer tempo. As pessoas têm um ar de derrota e de fragilidade. Menos Laira. A minha vizinha de cela sempre se manteve inquieta e vivaz. Desde o início, suas palavras sugeriram que ela não era apenas mais um espécime de estudo.

Estou livre, ainda assim assustada com o que vivi e a imensa vulnerabilidade em que estive. Laira está comigo e sua segurança me fortalece. Além dela, conto com outros dois inusitados companheiros de fuga, Amara e Kai.

Eu poderia ter imaginado que a primeira pessoa a falar comigo, aquela mulher que me acalmou com seu hálito e com sua voz quando a minha tortura estava apenas começando, não fazia parte do Clarão da

Morte. Ela tinha uma delicadeza sutil em seus movimentos. Eu poderia ter imaginado, e percebo agora, que Laira tentou me avisar e eu não entendi, tudo o que eu sabia é que Amara também me tocava contra minha vontade, e a cada vez que isso acontecia eu sentia muito medo.

No dia da fuga, eu estava deitada no chão da cela esperando a manhã chegar, mesmo sabendo que não faria diferença alguma. Dia e noite eram medidos pelo maior ou menor movimento no laboratório, já que a claridade era constante. Eu preferia fazer o chão de cama, me recusava a dormir na plataforma fria, lugar de minhas torturas. Em algum momento escutei um barulho e fui surpreendida pela escuridão. A alteração súbita me assustou. Zero iluminação. Tentei forçar os olhos para enxergar alguma coisa e só escutei a voz de Laira me mandando ficar pronta. Instantes depois do apagão, as luzes nos vidros voltaram ativas e frenéticas. Frases e símbolos passavam rápido demais e indicavam que algo diferente estava acontecendo no Clarão da Morte.

Ela apareceu em meio à escuridão, se aproximou do vidro de minha cela e a luminosidade do movimento das palavras em tela se projetou sobre o seu corpo negro, a imagem parecia sobrenatural. Amara tinha uma expressão dura em seu rosto, eu me encolhi em um canto e, em movimento automático, protegi meu pescoço no ponto das aplicações que ela fez. Ela verificou o sensor no vão de passagem. Estava inativo. Era a garantia de que eu não passaria mal ao sair da cela. Ainda assim hesitei, a única expectativa que eu tinha era de ser violentada.

"Dessa vez não venho aqui pra te vacinar, eu vim pra te levar."

Permaneci parada, sem reação, e ela me segurou pelo braço e me arrastou para perto de si.

"Escuta! Eu não poderia te tirar deste lugar sem fazer alterações imunológicas no teu organismo. Vacinas, entende?"

A urgência não me permitia pensar muito, a palavra vacina ajudou a organizar o meu raciocínio. Para meu espanto, percebi que Laira estava um pouco atrás dela, não vi minha companheira de cárcere ser libertada. E mais uma pessoa integrava o grupo, um homem, e tudo nele indicava pertencer ao Clarão da Morte.

Com movimentos rápidos elas me fizeram vestir uma roupa de algum material grosso e flexível que se ajustou ao meu corpo automaticamente, e máscara e óculos de proteção. Seguimos por corredores e áreas que pareciam se repetir. Uma falha no sistema apagou o Clarão da Morte e nossa fuga foi quase toda no escuro, certamente as três pessoas que estavam comigo tinham participação nisso. Os óculos que usávamos não eram apenas de proteção, também permitiam a visão noturna. Meus companheiros estavam armados, mas não encontramos ninguém por onde passamos. A estrutura que nos cercava tentava impedir a nossa fuga através de dispositivos nas paredes que disparavam gases e nuvens de drones bem pequenos, como irritantes insetos voadores, o barulho era atordoante. Das paredes dos corredores por onde fugíamos se levantavam obstáculos à nossa passagem, inúteis. Eles estavam com defeito, não cumpriam com seu objetivo. Logo descobri que as armas de meus companheiros tinham o poder de deixar a tecnologia inimiga inoperante, principalmente os drones que caíam desativados como insetos atingidos por inseticida. Chegamos em um pequeno veículo e embarcamos, um carro que eu não esperava ver ali, algo que poderia ser típico de meu tempo não fosse pela ausência de rodas e por se movimentar embaixo da água. Pela primeira vez entendi que passei esse tempo todo submersa no mar. Esperava estar no lado oposto da cidade, no terreno da universidade. Eu estava enganada. O Clarão da Morte é um laboratório subaquático.

Agora, na superfície, respiro ar fresco e estou ao lado dessas três pessoas. Laira segura a minha mão, percebe o tremor, segura mais firme e sorri pra mim. Juntas, vemos a manhã chegar com o nascer do sol por trás dos morros. Um dia que certamente amanhecia mais claro do que eu podia enxergar.

Da beleza do dia que começava, passei a sentir o vento no meu rosto e o deslocamento veloz. Não era mais uma mão macia segurando a minha, era apenas a minha que soltou o guidom da bicicleta.

Laira! Recordar o seu nome e o seu toque é reencontrar o sentido de tudo isso, para além de qualquer missão. Por que só agora ela me vem à mente? Eu poderia ter esquecido o mundo, menos ela. Laira é a consistência do meu passado-futuro e toda a realidade que importa.

Ergui a bicicleta chorando porque não sei nem que nome tem o universo que nos separa.

Eu não caí, só a bicicleta. Ou, digamos assim, eu

caí em pé. Estava no campus, mas não sei bem para onde estava indo. Dei uma olhada no celular e vi tua mensagem, Marcela. Tu me dizia que ia sair com o Ricardo e um grupo de alunos. Já que eu não precisava mais observar os movimentos do professor, resolvi ir para casa. Saí pensando nas muitas recomendações que recebia, de conhecidos, sobre os perigos de pedalar sozinha pelos caminhos vazios, ladeados por mato fechado, que mantém a universidade oculta da cidade. Na época em que o tempo fazia sentido eu tinha medo, não tenho mais, o campus me lembra uma urbanidade que não existe, e que um dia existirá. Um dia, Horizontes será ainda mais arborizada do que é hoje, e o cheiro do mato me provoca nostalgia, só lamento que nada mais seja verde para mim.

Se tem algo perigoso é o trânsito da avenida Maresia. É movimentada e estreita, cheia de carros velozes e motoristas que veem os ciclistas como uma afronta. Quando eu estava à altura da escola estadual um carro cortou a minha frente para entrar à direita; buzinou, freou em cima, eu me desequilibrei e dessa vez caí no chão, ralei o joelho e vi o sangue escorrendo pela minha perna. A dor era muito forte e me perguntei como faria para voltar para casa, certamente não seria pedalando. Gritei com toda a força de minha raiva um xingamento para o motorista quando o carro já ia longe. Vi que um pouco mais à frente tinha uma pequena travessa e um boteco na esquina. Decidi pedir alguma ajuda para o dono do lugar, mas comecei a me sentir zonza. Pela primeira vez antecipei uma ausência. Se conseguisse chegar a tempo no boteco, poderia pedir cachaça e jogar um pouco sobre o ferimento. A dor que isso provocaria evitaria meu apagamento?

Eu caí em pé, estava bem e estava no campus. Não sei bem para onde estava indo. Dei uma olhada no celular e vi tua mensagem, Marcela. Tu me dizia que iria sair com o Ricardo e um grupo de alunos. Sem precisar observar os movimentos do professor, nada mais tinha para fazer no Instituto de Física, resolvi ir para casa.

Todos sempre alertavam sobre os perigos de pedalar sozinha pelos caminhos ladeados por mato fechado. Não sei se no presente algo pode me aterrorizar tanto quanto o futuro. A natureza me lembra uma urbanidade que não existe, e que um dia existirá. Um dia, Horizontes será ainda mais arborizada do que é hoje e o cheiro do mato me provoca nostalgia, só lamento que nada mais seja verde para mim.

Se tem algo perigoso é o trânsito da avenida Maresia. É movimentada e estreita, cheia de carros velozes e motoristas que veem os ciclistas como uma afronta. Quando eu passava em frente à escola estadual um carro cortou a minha frente para entrar à direita; buzinou, freou em cima, eu me desequilibrei e dessa vez caí no chão. Ralei o joelho, não foi nada demais. O problema é que a correia da bicicleta desengatou e eu não consegui arrumar. Estava longe de casa, não me imaginava voltar caminhando. Vi que um pouco mais à frente tinha uma pequena travessa e um boteco na esquina. Decidi pedir alguma ajuda para o dono do lugar, mas comecei a me sentir zonza. Pela primeira vez antecipei uma ausência. Já tive apagamentos no meio da rua e em todas as vezes, quando retomei a consciência, estava bem e em lugar seguro. Ainda assim, pensei ser melhor fazer um último esforço e entrar no boteco.

Eu não caí, na verdade, caí em pé. Estava no campus, não sei bem para onde estava indo. Dei uma olhada no celular e vi tua mensagem, Marcela. Tu me dizia que iria sair com o Ricardo e um grupo de alunos. Sem precisar observar os movimentos do professor, resolvi ir para casa.

Saí pensando nas muitas recomendações que recebia de conhecidos sobre os perigos de pedalar sozinha pelos caminhos vazios ladeados por mato que ligam a universidade à cidade. Na época em que o tempo fazia sentido eu tinha medo, não tenho mais, o campus me lembra uma urbanidade que não existe, e que um dia existirá. Um dia, Horizontes será ainda mais arborizada do que é hoje, e o cheiro do mato me provoca nostalgia, só lamento que nada mais seja verde para mim.

Se tem algo perigoso é o trânsito da avenida Maresia. É movimentada e estreita, cheia de carros velozes e motoristas que veem os ciclistas como uma afronta. Quando eu passava em frente à escola estadual um carro cortou a minha frente para entrar à direita; buzinou, freou em cima e me xingou. Eu me desequilibrei e dessa vez caí no chão, quando olhei para o carro abaixei logo a cabeça, era o Ricardo: reconheci o veículo e o motorista. Escutei ele gritar algo para mim, mas fingi estar concentrada em verificar se tinha algum dano na minha bicicleta, torcendo para que o capacete o impedisse de me reconhecer. Ele seguiu seu caminho na pequena travessa e eu fiquei parada, tentando ser discreta em observar o seu rumo. Ele foi pouco adiante na rua e em seguida entrou de novo à direita, então perdi o carro de vista. Peguei meu celular e liguei pra ti, que não atendeu. Não era para o Ricardo estar contigo?

Fui até a segunda rua em que o carro entrou e vi uma estrada de terra vazia. Retornei até a esquina perto do colégio, entrei em um boteco onde alguns homens bebiam. Comecei a me sentir zonza, pela primeira vez pressenti que teria um apagamento, eu precisava resistir. Ansiosa, me apressei a perguntar para os clientes do bar aonde eu chegaria caso seguisse por aquela estrada. Estranhei o jeito como eles me olharam, é um caminho para subir o morro, disseram. E falaram algo mais.

Reli o que escrevi acima e me espantei em perceber que te dei três relatos sobre o dia em que saí do Instituto de Física antes de me ausentar. Só posso te dizer, Marcela, que reconheço os três em minha memória. Não sei explicar. Por isso não vou apagar nada, nem refazer. Também me dei conta que não disse exatamente o que os homens responderam sobre o lugar em cima do morro. Sim, eles responderam. O que tem lá em cima? Um presídio.

9. A cidade invisível

Morro do Jirau, o ponto mais alto de Horizontes. Conhecido por fazer parte da sesmaria do Barão Maurício Dias, nome oficial do bairro. Ninguém na cidade se refere ao morro assim. Justiça à presença indígena, primeiros moradores daquele território. Apagados da história de Horizontes, resistem na memória popular através da nomeação do lugar onde a cidade toca o céu. Isso foi o que encontrei nas minhas pesquisas. Nada sobre presídio. Mesmo na internet, nada há. Se não fosse pela informação de moradores do entorno, nunca saberíamos. Por que um presídio? Discutimos sobre isso por horas na cozinha da casa de Marcela enquanto João dormia; talvez porque ninguém quer saber nada sobre prisões, são lugares para os quais ninguém olha.

Às quartas, Ricardo vai ao presídio e sabemos que o dia de visita é quarta-feira. Em nova pesquisa descobrimos que o local é, na verdade, propriedade da Universidade. Só podemos imaginar que talvez tenha sido cedido ao Estado para instalar uma penitenciária.

Essas informações nos encheram de esperança e parecem apontar para algo: subir a estrada de terra em dia que muitas pessoas também fazem esse caminho pode indicar a tentativa de encobrir uma movimentação suspeita. No final das contas, essa é a única pista que temos, o único aspecto da rotina do professor que não investigamos. Por outro lado, se nada houver naquele local, teremos que mudar de alvo, será a evidência de que ele desconhece o destino da Sankofa.

O ar gelado de inverno corta as minhas bochechas enquanto eu e minha amiga pedalamos. Saímos da casa dela, pegamos a ciclovia da avenida Principal, que corta a cidade e margeia o arroio Gravatazal em toda sua extensão, até o encontro com o mar. Vamos no sentido oposto, em direção à nascente. Olho o arroio sujo e me lembro de, no futuro, ver um curso d'água que julguei ser o Gravatazal, apesar das águas límpidas e de não ter o mesmo traçado de agora. Depois da avenida Principal, entramos em algumas ruas pequenas e estreitas e saímos na avenida Maresia, nosso destino.

O plano é simples: sabemos a hora em que Ricardo sai do campus, vamos subir junto com as visitas, não conhecemos o trajeto. A ideia é passarmos despercebidas o suficiente para explorarmos o local.

Deu tudo errado. Muito errado.

Subimos a pé, em meio aos demais familiares dos presos, nossas bicicletas ficaram no boteco próximo da escola. Quase todas as pessoas a quem seguíamos eram mulheres, algumas conversavam descontraídas entre si, outras tinham um semblante tão pesado quanto o peso das sacolas que carregavam. O caminho é uma estrada de chão sinuosa e longa que serpenteia a encosta, um difícil trajeto para fazer andando. Há as que sobem de carro ou táxi, são poucas.

No meio da subida vimos ruínas de uma estrutura pequena à nossa direita, parecem ter servido de guarita um dia; não chamaram a atenção de mais ninguém, os familiares já cansados passaram sem olhar. Mesmo com a aparência de ser só cimento caindo aos pedaços, resolvemos investigar. Esperamos o fluxo de pessoas diminuir para entrar: cheiro de umidade e urina, o concreto pichado e rachado por terra e plantas. Li rapidamente a pichação nas paredes com alguma expectativa de encontrar escrito Sem Retorno, mas eram só símbolos que não reconheci. O lugar era pequeno e sem mistérios.

Logo um barulho chamou nossa atenção. Percebi que tinha algo entre a única parede que resta em pé e o barranco. Pensei em algum animal e resolvi verificar. Não era um animal. Eu o reconheci e ele me reconheceu. Um habitante do Clarão da Morte. Não fazia sentido ele também estar naquela estrada, e por algum motivo senti que tudo em meu corpo queria fugir. Sair correndo, sair correndo. Ainda assim, as minhas pernas não se mexeram. Por segundos me perguntei se não estava no futuro. A aparência dele, tão igual. A minha amiga estava logo atrás de mim, eu precisava de poucos movimentos, me virar, pegá-la e sair correndo.

"Rafa! O que tá fazendo aqui?"

Escutei essas palavras e entendi menos ainda. Quase falei: Marcela, ele não é ninguém que tu conhece. Não falei porque comecei a entender, gritei:

"Marcela, precisamos sair daqui agora!"

Ela não me escutou e ainda se libertou de minha mão com facilidade.

"Calma, Paula, eu conheço ele. É o Rafa, meu namorado."

Piada, só podia ser. O rosto, os olhos cinza, os cabelos desbotados, eu me lembrei do encontro no RU, ainda confuso em minha mente. Naquele dia eu estava confusa o suficiente para não me dar conta de que na verdade ele era o Kai! Eu fui muito ingênua. Como não desconfiei? O portal do tempo no futuro, o namorado biólogo, eles enviaram Kai. Eu não fui a única a retornar.

Marcela perguntou novamente o porquê de ele estar ali.

"Eu fiquei preocupado com você. Achei tua história sobre professor, máquina do tempo, presídio muito estranha e, de fato, perigosa. Decidi vir e cuidar de ti."

Ele mantinha um tom cordial na voz e um olhar frio.

"É mentira! Ele é um deles! É do Clarão da Morte! Confia em mim! O nome dele é Kai, eu o conheci! Estive lá, ele é perigoso! Eles querem a ti!"

Essas palavras escaparam da minha boca como se tivessem vida própria, ainda assim não tiveram efeito. Tudo em Marcela era dúvida, e não era dele que ela desconfia, e sim de mim.

"Meu amor, eu não conheço a tua amiga, eu conheço você. Ela pode não ter nada a perder. Tu é mãe, tem que pensar no teu filho. Eu acho que isso tudo não passa de uma grande fantasia. Grande e perigosa. Olha ao teu redor, tu está indo para um pre-sí-dio. Percebe? Estamos numa área de segurança, pensa em tudo o que pode dar errado."

O filho, ele também sabia usar esse golpe. Ela hesitou, e Rafa/Kai percebeu porque passou por mim sem me olhar e a pegou pelo braço. A sua mão branca demais segurando firme o braço escuro de minha amiga. Percebi o ar de contrariedade no rosto dela, mesmo assim foram embora. Ainda olhou para trás e sinalizou que conversaríamos depois.

Depois. O que vem agora é a minha ruína. Estou perplexa e com lágrimas de ódio e medo. Minhas mãos tremendo como nunca. E a sensação profunda de derrota.

Como Kai voltou? Eu retornei para o meu presente, mas este é o passado de Kai. Como isso aconteceu?

Desço o morro junto com as visitas. Elas parecem mais leves, e eu sinto o meu corpo incapaz de dar conta do peso que carrego. Passei horas sentada no meio da poeira tentando encontrar um sentido para o que aconteceu. Perdi tudo. Pela segunda vez perco alguém importante pra mim. Primeiro Laira, com ela tudo estava perdido desde o início. Com Marcela é diferente. Eu voltei pra isso: destruir nossa invenção e protegê-la. Fracassei. Ainda há o que fazer? Aquele homem sabe onde está a Sankofa e vai se deslocar no tempo levando a minha amiga? Este seria o pior dos cenários. Kai não era um traidor, era um infiltrado, assim como Amara. Querem ela: precisam se apropriar das pesquisas imunológicas. Por tudo o que vi e sei, penso que existe algum erro, e esse erro é de todos os lados. Nada até agora me indicou que Marcela tem algo a ver com esse tipo de pesquisa.

Eu liguei várias vezes. Nada. As chamadas são recusadas e as mensagens ela nem visualiza. O aplicativo indica que está *offline* há horas. Isso me obriga a ir à casa dela.

A mãe de Marcela me recebe no portão com o João no colo e ar despreocupado; a filha não está, acredita que chegará mais tarde. A minha angústia só aumenta. Procuro recordar o que sei sobre Rafa-Kai (fico indignada em associar aquele homem a um nome, tenho palavrões bem mais adequados para ele e seu povo). Marcela comentou comigo onde o namorado trabalha e isso pode me ajudar na busca por ela.

Chego no laboratório pouco antes do anoitecer. É um conjunto de prédios em terreno grande cercado por altos muros com câmeras de vigilância e guaritas. Nenhum ponto no qual possa arriscar uma entrada clandestina. Na fachada leio: MORGEN LABORATÓRIOS. Logo na entrada principal sou recebida com muita desconfiança, o segurança me pede um documento e acaba com o desejo de ocultar minha identidade. Talvez eu devesse pensar em outros meios de resolver essa situação, mas não estou me sentindo com plena capacidade de raciocínio. Tudo fica ainda pior quando vou direto ao ponto e pergunto por Rafael. O segurança, de poucas palavras, me pede para sentar e aguardar. Permaneço tensa, não acredito que vá ser fácil. Poucos minutos depois dois policiais militares entram no saguão, passam pelo segurança e andam direto em minha direção. Eles pedem meu RG e dizem que precisam me levar para maiores averiguações. Estou sendo presa? Eu não posso ser presa!

"Não vou! Não estou fazendo nada de mais."

"Não fomos chamados à toa."

"Vocês não estão entendendo! Tem coisas muito graves acontecendo! Pode estar acontecendo um crime aqui! De verdade!"

"Então tu tá com sorte. Não tem lugar mais protegido do que estar com a gente."

Eles riem. Não é suficiente humilhar, é preciso rir! Ódio é tudo o que sinto.

"Esse mundo é podre! Tem mais é que acabar mesmo! Não vou mexer uma palha, todos vão morrer do jeito que merecem!"

Os dois policiais se olham e se entendem, me dou conta que não tenho como sair bem dessa situação. Em um ato que parece ensaiado, forçam com que eu vire o meu corpo e me algemam. Os meus braços doem.

"Fica quieta e vem com a gente. Se não estava fazendo nada, agora está: desacato e ameaça de morte."

"Cara, tu viu como as mãos dela tremem?"

"Fissura. Já peguei outros casos assim."

"Crack, mano. Triste."

10. Matemasie

É inacreditável o que vou dizer: o ar daqui é mais puro do que o de minha época. O espaço urbano é diferente do que conheço, mas com uma geografia que, em linhas gerais, identifico: o mar e os morros. De resto, não parece uma cidade, pelo menos não Horizontes. São muitos os territórios e cada um é a área de um grupo. Os caminhos que ligam os grupos são subterrâneos, com sistemas de identificação na entrada e saída dos túneis.

Preciso contar e recontar tudo o que sei, mesmo que seja apenas para mim. Preciso ser como os povos antigos, preciso contar muitas vezes para ajudar a memória a fixar os acontecimentos. Não tenho como anotar, o que utilizam nesta época são registros de voz, e esses registros são informatizados, não tenho acesso a nenhum dispositivo, pois são de tecnologia orgânica, e não ser deste tempo e ter os meus olhos tomados pelo Clarão me impedem uma existência plena aqui.

Estamos nos domínios de Matemasie, ainda que não propriamente dentro de seu território. Ocupo um quarto em um prédio baixo e retangular. Quarentena. Viemos direto para cá depois da fuga; eu, Laira, Amara e Kai, o desertor. Só depois de um período neste lugar seremos autorizadas a atravessar o túnel. Da janela de meu quarto só enxergo natureza: jardins e, mais adiante, mato. Não faço ideia de onde fica a entrada para Matemasie.

Assim que saímos do Clarão da Morte, esperei por uma perseguição em terra que não aconteceu. Logo na saída abandonamos o veículo que Kai arranjou para a nossa fuga. Amara mudou a rota do navegador e o veículo seguiu um rumo; nós, outro. Durante todo o caminho, a curiosidade de Kai com a paisagem era similar à minha.

Passávamos pela entrada de um túnel quando notei a pichação Sem Retorno. Lembrei da primeira vez em que vi a frase, eu estava no início de meus sofrimentos no Clarão da Morte. Ver essas palavras, agora pessoalmente, levou minha curiosidade ao limite. Alguma coisa eu intuía, mas precisava ter certeza, por isso perguntei do que se tratava.

"Não pode haver retorno", Amara respondeu. "Sabemos que o Clarão da Morte tenta há séculos resolver o problema que criaram com a engenharia genética. Agora, como se não bastasse raptar os nossos para experimentos com nossos genes, eles viram uma oportunidade de retornar ao passado para roubar nossa tecnologia imunológica."

E Laira completou:

"Sem retorno porque o passado deve ser preservado, não devemos apagar o passado, não podemos viver como se nada tivesse acontecido."

Esse assunto me fez lembrar da conversa que eu e Marcela tivemos: não é possível voltar, e mesmo que fosse, seria conveniente? Perguntei o que o Clarão pretendia com os experimentos genéticos, e quem respondeu foi a única voz masculina entre nós:

"Criar indivíduos como eu."

Foi a primeira vez que Kai se dirigiu a mim. Eu o olhei de cima a baixo e era um homem com a palidez típica do Clarão, em tudo semelhante a outros que lá vi.

"Na tentativa de criar uma raça, meu povo se dedicou a desenvolver um perfil genético tido por ideal, uma busca pela perfeição, o que incluiu chegar o mais próximo possível da imortalidade."

Exceto pelos avanços tecnobiológicos que a fala dele implica, nada me parece novo. O ser humano não evolui? Raça perfeita e imortalidade: muito clichê.

"Nossos antepassados tiveram muito sucesso em alguns experimentos: somos imunes a todas as doenças conhecidas; entretanto, isso gerou uma consequência inesperada: limitou a capacidade de multiplicação de nossas células, e isso reduz de modo drástico a nossa expectativa de vida. Algo que até agora a engenharia de DNA não conseguiu resolver. Estamos morrendo. Para os padrões Gênesis, eu sou um velho. Tenho trinta e cinco anos."

Fiquei surpresa com o modo como eles se denominam, e mais ainda com a perspectiva curta de vida que têm.

"Sim, nossa raça é a Nova Gênesis, e o local que você conhece como Clarão da Morte é o laboratório Sul N. 1579, unidade de coleta de DNA."

Pergunto para Kai o que ele busca no grupo, por que ele abandonou o Clarão, busca uma cura para o encurtamento de seus dias? Ele não responde e leio uma dor em seu rosto. Laira e Amara estão concentradas no caminho e não parecem dispostas a entrar na conversa. Gostaria que me explicassem o que eu tenho a ver com tudo isso, mas suspeito da resposta.

Entramos em um túnel, não sem antes Laira e Amara se identificarem através de análise do fundo do olho e reconhecimento de voz. Após percorrer o longo caminho, passamos por nova verificação na saída e, assim, emergimos em local aberto. A vigilância é mais ostensiva do que no meu tempo. Então vi pela primeira vez o edifício que agora me serve de habitação. O que primeiro chamou a minha atenção foi o modo como a construção se integra à natureza ao redor. Dependendo da distância, é possível passar por ali e só ver a vegetação. Toda a energia do prédio é solar.

Não há a ideia de países, são povos da Terra. Sim, porque têm os do espaço. Depois de concluir a separação genética entre os povos, a Nova Gênesis partiu para colonizar outros planetas. A Terra passou a ser, para eles, um campo de superexploração dos recursos naturais. Incluindo o DNA dos humanos que ficaram.

Os territórios se ligam por vias subterrâneas, de modo que um desenho fiel dessas ligações se aproximaria de uma teia de aranha. E, em geral, as linhas são retas. Amara disse que se pudesse me mostraria um mapa, por questões de segurança não pode. E que, mesmo permitido, não seria simples, pois não tenho tecnologia em meu organismo que me permita acesso a algumas informações.

Também fiquei curiosa quanto à data, mas a resposta em nada me ajudou a descobrir qual a distância temporal de meu deslocamento.

"Temos como marco o início da separação genética e o banimento dos grupos. As histórias que contam é que quem esperamos viria de época anterior a isso, viria do tempo das grandes pandemias."

Dias depois e essa conversa ainda reverbera dentro de mim. No meu tempo não há pandemias. Teve a gripe A anos antes, apesar disso não aconteceu nada com a grandeza que eles contam. Nada com o potencial de mudar os rumos da humanidade.

"E se vocês erraram? E se não for eu, e se eu for um equívoco?"

Laira se aconchega em mim desejando por um engano, que eu seja apenas alguém que se adiantou no tempo e que tenha a opção de ficar. Sinto o calor de seu corpo, que é como um lar, e assim como ela, eu fantasio não ser aquela de quem falam, quero ser apenas alguém que ama.

"Tu ainda treme."

Sim, tremo. E só tem um jeito de eu falar sobre isso:

Sonho com um lugar entre seus seios
Para construir minha casa como um abrigo

"O meu peito não acalmou as tuas mãos."

Sim, eu trago o fogo,
o outro
aquele que me faz,
e que molda a dura pena de minha escrita.

"Vocês têm poesia, Laira?"

Ela me responde, óbvio que sim, e recita trecho de um poema que é puro ritmo de coletividades em guerra, parece uma epopeia, com criaturas monstruosas do espaço capturando pessoas na terra e as levando para as águas do mar. Espíritos pálidos e fraturados não dançam. Contudo, o povo da terra se levanta e agita o mar. O poema não me emociona, eu preciso de Audre Lorde e Conceição Evaristo. Cada época com suas necessidades. Entre mim e Laira há mundos e tempos que nos separam, e toques que nos unem.

No período em que fomos vizinhas de cela, eu ansiava por romper o vidro que nos separava, ainda que de seu olhar eu só tivesse uma admiração quase mística. Só depois que ela me viu em desespero foi que me tornei humana o suficiente para nos amarmos. Um dia, quando ainda estávamos presas, disparou um alto alerta sonoro. Todos os vidros primeiro ficaram transparentes e em seguida apareceu uma palavra que não reconheci. Na confusão, busquei o olhar de Laira voltado para uma cela distante da nossa, um homem estava em fuga, e poucos passos após atravessar os limites de sua cela ele começou a vomitar e caiu no chão em convulsões. Gritávamos, sem que escutássemos os gritos uns dos outros. O horror foi absoluto, ele se debateu até ficar imóvel. Demorou muito tempo para buscarem o seu corpo.

Eu pensava em morte o tempo todo enquanto estive lá. Temia e desejava a minha morte. Ver aquele homem morrer e saber que ele tentou fugir, mesmo sabendo dos dispositivos que levariam ao seu fim, disse muito sobre o desespero em que ele estava, e sobre o meu. Quando me dei por mim, estava encolhida, enojada, assustada, e me balançando na tentativa de me desligar de tudo. Escutei a voz dela distante. Precisaria subir na plataforma para conversarmos. Eu me recusei, e por alguns dias nenhuma esperança me animou. Depois disso, ela compreendeu que, embora o futuro do mundo dependa do que farei no passado, agora sou apenas alguém assustada demais.

Eu tenho liberdade para circular no andar em que estou cumprindo quarentena. Entre pacientes e trabalhadores, percebo, pelos traços do rosto, cor de pele e cabelos, pessoas das mais diversas origens. Alguns com a mesma fisionomia de Kai. Laira me explica que há traição de ambos os lados e que Kai é um desertor, embora não saiba exatamente a história dele. "Seria impossível fugirmos se não tivéssemos a ajuda de pessoas lá de dentro", ela diz. "Também temos nossos traidores, pessoas seduzidas por promessas que o povo assassino nunca vai cumprir. Foi assim que Amara esteve com eles, ela só pode se infiltrar porque passou por traidora dos povos da Terra. Existem mais deles entre nós, não são muitos e o Conselho analisa muito bem caso a caso antes de permitirem que eles circulem nos grupos. Apesar de nosso lema ser a união na diversidade, os habitantes do Clarão da Morte sempre geram suspeitas. E eles não têm na Terra um lugar que seja só deles, isso é proibido."

"E isso? É proibido?"

Eu pergunto após surpreendê-la com um beijo.

"O beijo sobreviveu aos tempos."

Ainda não tenho liberdade como tive um dia, mas me sinto livre.

"Te amo, logo sou livre."

E parafraseando Audre Lorde, que, por sua vez, melhorou a frase do filósofo francês, vou me fazendo autora para a minha amada que não conhece nenhum dos dois.

Quando finalmente acabou nossa quarentena, entramos no túnel que fica no subsolo do prédio e saímos na urbanidade de Matemasie, lar de Amara e Laira. Não tenho certeza se o dia era de um sol fraco ou se os meus olhos traíam a minha percepção. Éramos apenas três. Não vi Kai desde que chegamos. O que primeiro chamou a minha atenção foram as muitas construções com telhados verdes e a circulação de pessoas e veículos. O lugar despertou em mim a tranquilidade que há muito tempo eu não sentia, e eu fiquei me perguntando se passaria o resto de minha vida em Matemasie.

As duas mulheres a quem eu seguia se abaixaram, tocaram no solo e beijaram o chão com a mesma naturalidade que alguns em meu tempo fazem o sinal da cruz quando passam por uma igreja. Laira flagrou meu olhar surpreso.

"Temos os nossos problemas, Paula, ainda assim não temos dúvidas de que a nossa existência pertence a esta terra."

Elas me explicaram um pouco mais sobre os grupos. Cada um tem seu território, crenças e regras internas próprias, mas a gestão de recursos tecnológicos e naturais é feita em conjunto. Para eles, a natureza é tecnologia, e a tecnologia é natureza. O que é mais evidente para mim é a arquitetura, visivelmente pensada para ser integrada aos elementos da natureza.

Existem conselhos locais, regionais e continentais. Em substituição à noção de países, elas falam em comunidades micro e macro.

Por mais que me expliquem, percebo que entendo tão pouco. Queria fazer pesquisas sobre este tempo e este espaço, queria relacionar esta geografia com a de meu tempo, saber o que neste futuro-hoje ocupa o lugar do que conheço no passado. Procurar traços do que conheci. Ruínas, escombros. Vejo as pessoas e me pergunto se elas são descendentes de alguém que conheço. Não tenho como usar a tecnologia daqui para pesquisar, é preciso escaneamento do olho para ter acesso à rede. Isso não é possível para mim por vários motivos. Amara me tranquiliza e explica que nem todo o conhecimento precisa ser para agora.

11. Tecnologia Sankofa

Oficialmente, Amara é minha anfitriã. Por algum motivo que desconheço, não posso ficar na casa de Laira e, na verdade, ela sequer me fez um convite. Ainda assim, me sinto tranquila porque nos vemos com frequência e estou confortável e bem onde estou residindo. Tenho consciência de que qualquer lugar é temporário, já entendi que Sem Retorno é pra todos, menos pra mim.

Muito esperei por esta reunião com o Conselho dos Grupos, há dias me avisaram que aconteceria, preciso conversar com quem possa me dar respostas. Não paro de pensar no que Amara me disse, e a questão é que no meu tempo de origem não há pandemia, muito menos pandemias. Talvez todos estejam errados e eu seja só uma inesperada estudante que se expôs como cobaia de um experimento desastrado.

Aguardo em um amplo espaço escavado no solo, uma espécie de anfiteatro, os bancos parecem ser de chão batido, quanto os toco percebo que são cobertos por um revestimento, um tipo de resina transparente. Uma mulher me alcança um copo com líquido espesso, de sabor doce e cor escura.

"Beba, Paula. O Conselho já vai chegar."

Eu me surpreendo ao ver uma desconhecida me chamando pelo nome. Estamos sós no local, no centro, placas de vidro gigantescas. Aposto que o Conselho não virá em carne e osso, acho que a imagem de seus membros aparecerá na tela. Com exceção de Amara e Laira, as pessoas de Matemasie me evitam. Parece que me veem como algum tipo de aberração, e devo ser. E Kai, o que pensam sobre ele? O que pensam sobre os desertores? Sentem medo?

De repente uma presença, não fora, mas dentro de mim. Estou zonza, procuro a minha anfitriã, não está mais. Se eu estivesse em pé teria caído, o que tinha naquele líquido que me subiu à cabeça? Algo em mim se expande, tem uma existência que desconheço e essa existência tem voz.

São poucos os desertores do Clarão que têm permissão de ficar nos territórios, e mesmo esses têm acesso restrito a nossos centros. Seria um grande risco para a população de qualquer um dos grupos. Não há cura para a morte precoce? prematura? de Kai, para nenhuma morte, ainda assim há uma vida que ele pode viver. O Clarão precisa de informantes e os grupos precisam de quem esteja disposto a trair o Clarão. Amara e Kai fizeram parte desse jogo.

Isso foi uma resposta a uma pergunta que não fiz? Uma resposta que veio de mim! De onde esse conhecimento? Como sei disso? O anfiteatro não é mais, a mulher que estava comigo não é mais, nem eu sou. Eu estou, e onde estou vejo muitas pessoas doentes, muitas mortes, sei que é o ar pesado de meu tempo. Vejo um céu enfumaçado, florestas em chamas e algo em mim segue sabendo mais do que eu: depois da época das grandes pandemias, a população foi quase extinta. Ninguém me conta, eu vejo e falo – simplesmente sei. Houve um grande esforço para que avanços tecnológicos evitassem o fim da humanidade.

Esse esforço fez com que alguns cientistas e governantes considerassem interessante criar supra-humanos, e esse foi o início do projeto Gênesis. Desde a separação, eles não nos veem mais como humanos. Foram para o Espaço, deixaram nossos ancestrais abandonados a um planeta que agonizava. Peste, fome, guerra, morte. É o pastor da igreja de minha mãe falando? Não, o que fala em mim não profetiza, conta. Agora quem agoniza são eles, os descendentes da Nova Gênesis. Eles têm tecnologia, têm poder, têm espaço, mas perderam a Terra. Este planeta não é deles. Tivemos que recuperar uma tradição muito antiga para sobreviver, e essa tradição nos fez encontrar na natureza tudo o que precisávamos para recomeçar e avançar nas pesquisas de imunologia humana. Entre nós o adoecimento também é raro, mas, ao contrário deles, não temos problemas com nossa expectativa de vida. Tecnologia é natureza, natureza é tecnologia.

Sem retorno. Agora eles querem nossa tecnologia, nossos genes, nossos estudos imunológicos. Contudo, não precisamos fazer nada, eles serão extintos. A menos que voltem e mudem o curso da história, transformando a separação em genocídio. Aí teriam um planeta com muitos recursos naturais só para eles, e talvez não precisassem ir tão longe na engenharia genética.

Sem retorno. Sankofa não é isso, Sankofa é tecnologia porque é conhecimento, não é uma máquina. Eu e Marcela nos enganamos. Sankofa é buscar aquilo que foi vivido e que se perdeu, buscar o que precisamos naquilo que foi contado, e que não encontrou lugar. Sankofa é encontrar lugar para algo que se perdeu no passado e que é necessário para o presente. Eu estou enganada, eu ainda não fiz minha Sankofa, preciso fazer. É preciso que algo sobreviva ao fim para que a humanidade sobreviva. Histórias ancestrais falam em Marcela, e em como ela e sua linhagem foram responsáveis pelo avanço nos estudos da imunologia. Foram essas pesquisas que nos ajudaram a chegar até aqui. Marcela, minha Marcela. É preciso que ela e sua linhagem cumpram seu destino e que a máquina que nós inventamos seja destruída, porque Sankofa não é isso.

É o que anunciam todas as vozes de todos os séculos que me separam deste tempo. Ninguém me contou, eu apenas sei. E sei que preciso voltar para garantir que não haja retorno.

Após a reunião com o Conselho dos Grupos, eu e Laira temos evitado falar sobre minha partida. Não temos escolha. Matemasie tem seu próprio dispositivo de viagem no tempo. Segundo Amara, nunca usado. O meu retorno será a sua inauguração; depois, vai ser destruído. Entendi que os povos da Terra respeitam muito o tempo, e ele se faz à medida que possa ser narrado. A minha presença fora do tempo é uma aberração por não pertencer nem ao passado, nem ao futuro, e sendo um presente movediço, não pode ser contada em nenhum tempo, a não ser como profecia. E a profecia narrou um retorno para mim. Não sabemos quando será. Percebo que Laira aproveita todo o momento livre que tem para estar comigo e agradeço a ela por isso.

Assim como os desertores do Clarão, também não tenho acesso a qualquer lugar de Matemasie. Isso não é dito de forma aberta, mas o suficiente para que eu entenda. Por isso fiquei surpresa quando Amara me avisou que eu iria em uma Ijó. Perguntei o que era, e ela me explicou apenas que eu iria gostar de ir já que Laira estaria trabalhando lá.

No início pensei estar me preparando para uma festa, alguma data significativa desse grupo. Ganhei roupas especiais com tons escuros que Amara descreveu serem roxo e azul, um tecido muito maleável, não tão justo quanto os que tenho usado, e descobri depois, térmico. Horizontes não existe mais, o clima desta região é ainda mais úmido do que o da época em que eu vivi, e acredito que agora seja outono. Quando encontrei Laira novamente, fiz várias perguntas sobre a festa, e não demorou muito para ela notar que nada sabia sobre o tipo de evento que seria. Só então que entendi ser uma cerimônia entre os membros de Matemasie e os de Riacho Nascente, dois diferentes territórios. Há alguma divergência entre eles, e a festa é para tratar sobre isso. O que estão chamando de festa eu chamo de cerimônia.

Laira pensou que Amara tivesse me explicado algo sobre a festa e perguntou se ela não conversava comigo. A mulher que me dá abrigo é uma pessoa de poucas palavras. Não sei bem como defini-la, médica? Cientista? Diplomata? Guerreira? Percebo que ela conversa com várias pessoas durante o dia, nada sei sobre o que falam. Algo mais me afasta das pessoas daqui, não tenho acesso a uma tecnologia básica: Cumba. Até onde entendi, é o que temos por web, rede social, telefone, mas não andam com uma caixinha nas mãos o tempo todo como nós no século 21. Eles têm uma espécie de implante, um dispositivo que se comunica com a visão e a audição, por isso às vezes os vejo parados, ou reagindo ao que nem faço ideia do que seja. Também compartilham o que veem ou escutam uns com os outros. Eu não tenho a Cumba, nem terei. Este futuro não me pertence.

Sempre gostei da sensação de ficar quieta no meu canto. No passado era a minha defesa para evitar ser alvo de meus colegas no colégio; com o tempo se tornou praticamente um modo de vida. Fico quieta olhando e refletindo sobre tudo o que observo. Gosto de estar longe dos holofotes e, na verdade, nem saberia ser o centro das atenções. Por isso, me sinto bastante confortável no lugar em que estou. Daqui vejo os convidados da Ijó chegarem e serem recepcionados por uma imagem em um monitor. Fui recepcionada da mesma forma e suspeito que não seja a imagem de uma pessoa real. Não sei onde Laira está, entendi que faz algum trabalho de apoio à cerimônia. Está frio lá fora, mas aqui dentro tudo é muito confortável. Ninguém parece prestar atenção em mim. Há música desde o início do evento, e os membros dos dois grupos estão dispostos em lados opostos do lugar. Ijó é uma cerimônia diplomática.

Encontro Amara junto com os instrumentistas, ela toca um tambor e, além de percussão, há uma variedade de instrumentos de corda e de sopro. De discreta, a música passa a ser mais alta e frenética. Todos formam um círculo, e depois avançam para o meio do salão dançando até se encontrarem e se misturarem. Acho curioso. Esperava um falatório, inúmeros discursos. Talvez aconteça mais tarde.

Depois de algumas danças, eu percebo que essa reunião tem método. Toca um ritmo, todos se encontram ao centro e os membros de um grupo dançam com os do outro. A música se encerra. Voltam à formação circular. A música reinicia em outro ritmo, e tudo recomeça. Eles dançam entre si até que tenha uma nova troca de música. E a discussão? E os argumentos? E as resoluções?

A festa acabou e eu não vi nada além de música e dança. Agora, de volta à casa de Amara, ainda me sinto excitada pelos acontecimentos da noite e com muitas dúvidas. Pergunto para ela por que pude estar na festa.

"É importante que você viva os valores que herdamos de vocês."

Penso em todas as nossas guerras ao longo dos tempos e teria certeza do equívoco se não fosse por ser Amara falando isso. O que ela sabe sobre o meu tempo que eu mesma não sei?

"Laira me disse que seria uma reunião para tratar sobre divergências entre os territórios, mas nada foi dito."

"Muito foi dito", ela me contradiz. "Você acompanhou o principal. Nas danças sentimos nossos afetos e os afetos das pessoas com quem precisamos entrar em algum acordo. A dança permite que sejam faladas as disposições de espírito. O movimento aviva as palavras. No final, alguns daqueles que você viu dançando vão seguir conversando."

"E eu posso saber qual é a divergência?"

Ela me responde quase distraída enquanto troca de roupa.

"É sobre o uso da água. Dependemos da água que passa pelo território deles."

Nada muito diferente da minha época. Talvez essa seja uma disputa presente em todos os tempos da humanidade.

"Amara, tu não teve medo de morrer no Clarão da Morte?"

"Você tem medo, Paula?"

"O tempo todo."

Ela olha para as minhas mãos em constante tremor e me pergunta desde quando é assim, eu não respondo. Ela, mais do que ninguém, sabe que fui torturada. Segura as minhas mãos e me levanta com movimentos delicados.

"O que você faz com seu ódio? Paula, a violência e a crueldade deles você não pode dançar, mas a sua raiva e o seu ódio você pode. Por que deixar esses afetos apenas em suas mãos? Por que você não dança? Deixe seu corpo resolver o que sente."

Amara pega um tambor e começa a marcar o ritmo, o meu corpo começa a responder, tímido. Sinto primeiro os meus pés se libertarem, batem no chão, acompanhando o tambor, aos poucos alteram a velocidade da pulsação, criam novos compassos. Eu odeio! Eu acho que nunca senti o tamanho do meu ódio! São as muitas mãos que me violaram e que se fundem com violências passadas. Vejo o rosto de cada colega e suas enormes bocas rindo, enquanto estou parada ao sol olhando meu material espalhado pelo pátio, ondas de revolta me atravessam.

E existe mais de uma Paula, a de então, a de agora e uma que vai crescendo enquanto junta mochila, livros e cadernos. E essas pessoas que sou se aproximam de um deles, elas-eu sabemos que basta cuspir em um deles para que os outros se acovardem. Quando chegamos perto o bastante para atingir nosso alvo, o menino escolhido é branco demais, quase sem cor, se um habitante do Clarão da Morte risse, o rosto se contorceria daquele jeito. Sou movimento e descontrole, não são as minhas mãos que tremem, é o meu corpo todo. Algo me dança e toma conta de minha voz. O que sai de minha garganta não é palavra, não é grito, é algo grave, profundo e que ganha existência através de mim.

Tudo o que bate são os meus pés e meu coração, Amara não toca mais. Eu sou a única música que há.

12. Retornos

Eu sei exatamente quanto tempo se passou entre meu apagamento e a volta à consciência: dois dias. O período em que estive presa na delegacia de polícia. Retornei a mim marcando um ritmo com os pés no chão da cela, dançando, enquanto libertava um som grave da garganta, meio grito, meio canto. A primeira coisa que vi foi o espanto das outras mulheres detidas no mesmo cubículo que eu, e de três policiais assustadas me olhando através das grades.

Não sei que tipo de efeito a cena provocou em minhas carcereiras, mas em seguida fui liberada. O delegado não aceitou me indiciar por ameaça, ainda assim fui obrigada a assinar um termo circunstanciado por desacato.

Agora posso dizer que recordo. Do que vi no futuro e do que vivi no passado. Sei por que voltei e o que preciso fazer. A minha amiga e o tempo, uma coisa só. Entendi que precisava reencontrar em mim a revolta para ter forças e prosseguir. Apenas um detalhe me intriga: a lembrança de devolver a agressão que me fizeram no colégio e sair com dignidade é como uma daquelas recordações de quando acabamos de despertar de um sonho e levamos alguns instantes até distinguir o onírico e a realidade. A diferença é que pra mim esses instantes não passaram, e seguem como se fossem reais e tão verdadeiros em mim que já não há espaço para recordar de outro jeito.

Perdi dois dias inteiros. Sei que são preciosos para a minha missão. Se falhar com Marcela, falho com o futuro. Assim que saio da delegacia, ligo o meu celular e vejo muitas mensagens enviadas do número dela. Todas ameaçadoras, exigindo acesso ao dispositivo de viagem no tempo em troca da vida de minha amiga.

Por trás das mensagens está Kai, aquele que também conheci por Rafael. Está acontecendo um crime e estou nas portas de uma delegacia, mas não tenho como denunciar.

Recebi ligações e mensagens dos familiares dela também, preocupados porque querem notícias; o pobre do João está sem a mãe. Não posso responder e inventar uma história, isso me comprometeria a ponto de eu voltar para o lugar de onde acabei de sair. Eu me dou conta de que a minha mãe também tem uma filha desaparecida, por isso envio uma mensagem para acalmá-la, até porque não vou voltar tão cedo para casa.

Agora a minha única preocupação deve ser encontrar a nossa máquina do tempo. Qual a participação do laboratório nisso tudo? São cúmplices do futuro?

Pelo menos há algum conforto em perceber que Kai não sabe onde a Sankofa está. Ele também esteve procurando, certamente seguiu nossos passos e resolveu encurtar o caminho. Resta apenas uma alternativa, falar com Ricardo. Não tenho mais como usar subterfúgios, preciso ser direta. Vou esperar até à noite para ir à casa dele.

A sala está à meia-luz, é um apartamento pequeno

e organizado. Ele permitiu minha entrada, um pouco surpreso, mas não fez perguntas. Está calado e isso me deixa inquieta. Não sei o que ele pensa.

"Tu sabe que é verdade. Tu viu, foi um dos primeiros a me encontrar."

Esse é meu principal argumento, ele estava lá quando retornei.

"Como foi possível voltar?"

Antes que eu responda, ele precisa me explicar por que não nos procurou. Por que fingiu que a Sankofa não existia?

"Eu vi a máquina, tive uma intuição quanto às modificações que vocês fizeram. Precisava mexer nela para ter certeza, para entender seu potencial. Sejamos racionais, não é uma questão pessoal ou individual. Vocês fizeram um trabalho incrível, agora é necessário ir adiante, pois o que importa é o avanço da ciência. E é a isso que tenho me dedicado."

"Tem ideia de que nada disso precisaria ter acontecido se tivesse me escutado? Nós três poderíamos ter feito um trabalho em conjunto", eu rebati. "Ela é tua orientanda, se tivesse teu apoio vocês dois poderiam ter ido ainda mais longe. Isso não é uma competição, Marcela pode morrer. Ou pior. Eu já estive lá."

"Nessa história, eu não fui o primeiro a não compartilhar informações." Dessa vez, ponto pra ele. "Além do mais, de imediato eu não entendi do que se tratava. Tudo o que tu falava me soava apenas como delírio."

E vou dizer o quê? Tantas vezes eu mesma duvidei de minha sanidade.

"O responsável pelo Instituto de Física já tinha

enviado a cabine de íons para a manutenção quando resolvi dar uma olhada mais atenta. Até que comecei a compreender que havia método nas alterações que foram feitas."

Preciso manter a calma, embora seja irritante escutá-lo falando da desgraça que tento evitar como se fosse apenas um assunto acadêmico. Isso me faz recordar um pouco do que senti quando tentava me defender no processo administrativo. Ainda que naquela época tenha sido pior, eu acabara de voltar e não tinha qualquer condição de argumentar em meu favor.

Ricardo também tem curiosidade pelos detalhes tecnológicos do futuro, por completa incapacidade de compreensão nem tudo sou capaz de falar. Só posso usar as palavras coisa, tecnologia, dispositivo porque nunca saberei contar como é preciso contar no Instituto de Física.

"Consegui acionar a cabine, mas nada acontece. Aceitei Marcela de volta porque precisamos dar continuidade a essa pesquisa, e necessito dela. O estranho é que no mesmo momento em que ela voltou ao mestrado alguém começou a me ameaçar, exigindo o aparelho. Logo suspeitei de vocês duas. Mas preferi tê-la por perto até entender melhor o que estava acontecendo."

Kai chegou até ele também. Não me surpreendeu, já sabemos que estava obtendo informações através da ilusão de namoro que sustentava, assim fazia uma investigação paralela à nossa. Eu preciso de Ricardo, e entendo que preciso me acalmar e responder às perguntas que puder. Devo ganhar a confiança dele.

Vou falando sobre o Clarão da Morte, dos grupos, sobre os séculos de pesquisa de engenharia genética e imunologia. Não quero dizer nada sobre a minha experiência pessoal em Matemasie, nem sobre os detalhes daquele território. Vou contar como retornei.

Eu não poderia me demorar em Matemasie. Os recursos humanos e tecnológicos do Clarão da Morte são cada vez mais limitados, em tudo é um povo decadente, o que garante proteção a eles é o lugar inacessível de sua base: Marte. O céu é deles, e uma parte dos mares também. Eles não possuem mais a capacidade de invasão por terra que tiveram no passado. Apesar disso, com tempo e planejamento, ainda podem fazer alguma coisa pontual. Seria o caso de uma invasão para me sequestrar. De algum modo os meus olhos pertencem um pouco ao Clarão, e isso poderia ajudá-los a me localizar para reaver o espécime perdido.

Não por acaso, Amara me falava sobre o Centro de Pesquisas, local em que começou a trabalhar após encerrar sua missão no Clarão da Morte, um espaço compartilhado entre os grupos. Ela estava me preparando para o que viria. E apesar de não dizer claramente, entendi que era o provável lugar do objeto que eles tinham para me fazer voltar.

"E Laira?"

Amara respondeu sem emoção:

"Em algumas histórias o amor é um luxo."

Nada digo para ele sobre a mulher que amarei no futuro e que hoje está no meu passado. Não faria nenhum sentido. Se me lembro de Laira é apenas para meus próprios registros. E para tê-la comigo um pouco mais.

Não sei precisar o quanto ficamos juntas. Uma vez perguntei se o dia também tinha 24 horas no futuro, ela achou graça e respondeu 23 horas e 56 minutos, mais precisamente. Enquanto a Terra girar em seu próprio eixo vai ser assim. Pode ser, eu pensei, mas não contei os dias e nem tinha acesso a relógios, tanto quanto não podia destrancar portas, nem ligar aparelhos. Só tinha a mim mesma, um corpo original, como o Clarão da Morte dizia. Nenhuma Cumba em mim, a tecnologia que adquiri foi ser um corpo que sabe dançar. É o suficiente. Um corpo que naqueles dias começava a se agitar com o prenúncio da partida.

Enquanto fiquei em Matemasie, tive as orientações necessárias para assumir um compromisso com o futuro, para ter um propósito, e em meio a tudo isso o amor não foi só um detalhe, Laira foi as horas calmas dos tempos. Nos encontros que tínhamos na casa em que estava hospedada ou nas regiões do território em que me permitiam estar, conversávamos sobre nossos tempos e nossas vidas. Assim como Amara, ela trabalhava com serviços de inteligência para os territórios, não sei exatamente que tipo de formação tinham. Com a convivência, percebi que seus conhecimentos e interesses eram amplos.

Ela demonstrava curiosidade pelo que eu contava sobre os séculos antes da separação, uma época antiga e que havia se tornado quase lenda. O que mais me comove quando penso em nosso relacionamento é o respeito que ela tinha ao meu silêncio. Então, ficávamos abraçadas enquanto eu sentia a sua respiração tranquila, ou os seus dedos embaraçados em meus cabelos trançando e destrançando algumas mechas. Esse era o único mundo que eu queria. E ainda quero.

Nunca nos despedimos. Um dia, quando Laira não estava lá, Amara chegou em casa e me disse que precisávamos sair. Uma névoa de considerável tamanho já tinha entrado dois quilômetros no continente. Ninguém precisou me explicar, quem viu uma vez o conjunto de minúsculos drones voando sabe bem que aquele horror se assemelha a uma névoa. Ela estava falando de uma invasão. Outras pessoas nos esperavam do lado de fora, busquei o rosto amado de Laira mas ela não estava entre as pessoas que me esperavam. Entrei em um dos veículos ansiando por vê-la a qualquer momento. Não aconteceu. O que vi foram caminhos subterrâneos e a céu aberto, quer dizer, nem tanto a céu aberto porque todos eram meio ocultos pela vegetação, o que chamamos de túnel verde. Consegui enxergar a distância o morro do Jirau com seu formato arredondado. Isso queria dizer que estávamos perto do que foi um dia a universidade. Comentei isso e eles confirmaram, me explicando que se passar por ali andando ainda é possível ver algumas ruínas muito antigas. No futuro, o lugar em que o campus está hoje será um grande laboratório subterrâneo que produzirá conhecimento para os povos da Terra.

Quando chegamos, o grupo se desfez. Amara foi a única que permaneceu. Antes de continuarmos, ela vestiu roupa de proteção sobre as suas próprias roupas, além de um gorro com visor. Em seguida chegaram outras pessoas para nos acompanhar. Todos com trajes especiais, só era possível ver seus olhos, mesmo assim com alguma dificuldade. Eu fui a única que permaneci desprotegida, tinha alguma ideia do porquê. Estar novamente em um ambiente como aquele me provocou calafrios, inevitável lembrar do que passei nos laboratórios do Clarão da Morte. Depois de alguns minutos percorrendo longos corredores em pequenos veículos, começamos a escutar barulhos, pareciam indicar muita agitação ao longe. Olhei para as pessoas que me conduziam e vi preocupação em seus rostos.

O barulho aumentou até ficar tão próximo que decidiram ser melhor nos separarmos. Amara me entregou um mapa em relevo, cabia na palma de minha mão, e colocou um objeto bem pequeno grudado na parte de trás de minha orelha.

"Vamos atrasar a névoa, não por muito tempo, eles se infiltram no sistema de ar, por isso não poderemos manter a barreira por muito tempo. Você precisa seguir sozinha, mas seus olhos não são confiáveis. Não temos como desfazer o que eles fizeram, precisaremos te vendar."

Eu fui tomada de um terror absoluto.

"Não dá! Não consigo!"

"Na sua mão tem o mapa do Centro de Pesquisas em relevo. Fiz especialmente para esta situação. Você também será guiada por um sinal sonoro. Quanto mais perto da sala do portal, maior será o ritmo do sinal, até se tornar um som contínuo. Não estará completamente sozinha, uma pessoa acompanhará seus passos remotamente. Paula, você tem que chegar lá!"

Quando ela terminou de falar, eu já estava vendada.

O mapa em relevo era como um labirinto com

um ponto de chegada. Ela ainda me orientou a fazer a travessia mesmo que não chegasse a tempo. Muito assustada, saí confusa, andando insegura pelos corredores. Inventei alguns versos para acompanhar o som em meu ouvido e o de meus passos. Meu coração estava bem mais acelerado. Qualquer coisa para não pensar nos riscos que corria.

O clarão existe se não o vejo?
Fecho os olhos
Ele permanece sendo?
Precisa me invadir com o brilho?
Ou a luminosidade é pretexto?
Se a escuridão é absoluta
O que sobra?
O terror

Demorei para ter o mínimo de tranquilidade necessária para prestar atenção ao trajeto. A sensação de ameaça da nuvem de drones era constante. Corri sentindo o pequeno mapa com os dedos, perdida nos corredores, passando por portas trancadas e nada fazendo sentido. Até que, de repente, uma porta se abriu. Eu entrei e comecei a identificar o caminho em que estava com o que sentia no mapa. Alguém, em algum lugar, estava me ajudando, dando passagem, abrindo portas. Certamente os corredores eram monitorados. O intervalo entre o sinal cada vez mais curto.

Fecho os olhos
ele permanece sendo?
Fecho os olhos

ele permanece sendo?
Fecho os olhos
ele permanece sendo?

Até que toquei em uma porta e o sinal se tornou contínuo.

Permanece sendo
Permanece sendo
sendosendosendosendosendosendosendo

Imediatamente a venda foi tirada e a primeira visão que tive foi de uma estrutura grande, retangular, com vários feixes de luz ao centro. O portal. Em nada se parecia com a cabine de íons. Duas pessoas me receberam, eu não sabia se poderia confiar nelas, mas não tinha escolha.

"Foi assim que tu voltou?"

Tudo em Ricardo é atenção.

"Sim. Tem algo a mais, algo que preciso te perguntar. Quando tu me encontrou, eu estava sozinha?"

Entendo a confusão que vejo no rosto do professor Ricardo como um sinal de que não há uma conspiração entre ele e o Kai. Isso é importante para mim. Só assim consigo continuar com a minha história.

Duas pessoas na sala do portal, as duas com roupas de proteção. Não tinha como identificá-las. Uma delas me ajudou com a preparação para fazer a travessia. Entreguei para ela o mapa que carregava e o ponto que Amara colocou em minha orelha. O portal já estava pronto para ser passagem ao passado. Não me recordo das palavras exatas dela porque algo chamou minha atenção; com o canto de olho, vi o movimento da outra pessoa, notei que ela estava fazendo algo em sua própria roupa. Eu já estava pronta para o portal quando tive uma boa visão dele já sem o traje, sim, era um homem típico do Clarão da Morte. E ele tinha algo em sua mão que só percebi ser uma arma quando ele apontou na direção da pessoa ao meu lado e a matou. O susto fez com que eu corresse para a travessia, não sem antes ver este homem vir em minha direção. Depois, acho que o rosto seguinte que vi foi o teu. Demorei para lembrar, agora sei, aquele homem é o Kai. Ele atravessou o portal comigo.

"Ele foi capaz de se deslocar para o passado", Ricardo observou.

"Isso torna tudo ainda mais perigoso. O povo do Clarão estava tentando desenvolver tecnologia para isso, acho que ainda não tinham conseguido."

"Talvez ele só tenha conseguido porque atravessou contigo."

Silêncio. Ao contrário do que vivi com Laira, o silêncio que experimento com Ricardo não é confortável. Acho que somos duas retas paralelas buscando por um ponto de intersecção.

"Eles te lançaram na época certa. Como? Isso não é possível com a cabine de íons."

"A Sankofa não tem marcadores de tempo, mas o portal em Matemasie tem. Ou tinha, espero que tenha sido destruído. Fizeram os cálculos de meu retorno baseados no que sabiam do que chamam de época das grandes pandemias."

"Cálculos? Que dados usaram? Tu não sabe exatamente a época em que esteve. Como assim, grandes pandemias?"

"Não sei, sequer me escutaram, e mesmo assim eu voltei."

Não tenho como fazer ele compreender o que eu mesma não compreendo. Então Ricardo me conta o que sabe sobre a minha volta.

"Entrei no Centro Tecnológico porque vi as portas abertas quando passei pela frente. Era de manhã cedo, estava chegando no Instituto de Física e me preocupei porque aquelas salas têm acesso restrito. Logo encontrei os materiais quebrados e te vi inconsciente na área onde a destruição foi maior. Não vi ninguém mais."

"Professor, tu vai nos ajudar? Precisamos de ti, Marcela precisa de ti! Se tivesse me escutado desde o primeiro dia, não estaríamos nessa situação, ela correndo perigo. É a vida de uma pessoa. É a vida da tua aluna."

Tenho certeza de que o amor à pesquisa vai fazer com que ele se envolva, embora receie que decida dar prioridade por apresentar Sankofa para a comunidade científica.

"O que tu pretende fazer, Paula? Entregar a cabine pra esse homem?"

Não, eu sei que ele não pretende libertar Marcela. Sim, qualquer coisa para salvá-la. A única certeza é de que vou fazer promessas e trair a todos.

"Não, mas preciso da cabine pra atraí-lo."

Vamos, Ricardo! Fala alguma coisa! Eu tenho pressa!

"Desde que recolhemos a cabine do laboratório

de Física, eu tenho trabalhado nela, e nesse tempo todo não fui capaz de reproduzir o experimento que vocês fizeram. Se metade do que tu diz for verdade, isso representa um avanço incalculável para a ciência."

"Tu está querendo propor um acordo?"

"Sim, quero tornar o dispositivo temporal ativo novamente. Eu te ajudo, depois vocês duas me ajudam."

Finalmente! A cabine está com ele! Em um presídio, conforme suspeitamos. Não sei como vamos entrar, mas Ricardo garante que o Reitor da Universidade pediu para cederem um espaço de trabalho, tudo informal, pedido baseado no fato de a propriedade do terreno onde está o presídio ser da instituição.

Não me agrada nem um pouco chegar perto de uma prisão novamente, mas um presídio tem segurança, profissionais armados, isso pode ser exatamente o que precisamos no momento. Sendo assim, acordo fechado, acordo que não pretendo cumprir. Já me comprometi com o futuro: preciso resgatar minha amiga e destruir a Sankofa máquina.

13. Portas e portais

A última vez que a máquina Sankofa funcionou foi dentro de um presídio. Para ser mais preciso, na construção anexa ao prédio da administração penitenciária. Um local desativado e decadente, que cheirava a mofo e umidade, e que em um passado ainda mais remoto era conhecido como salas correcionais. Outro modo de dizer salas de tortura. Quando o professor Ricardo começou a trabalhar na cabine de íons, encontrou o lugar vazio já há muito tempo. Ali instalou o dispositivo e passou meses trabalhando, sem sucesso. Até o momento em que se juntou com Paula para reaver Marcela.

Acho que acontece com todo mundo, um dia querer conhecer um lugar onde um evento mudou várias vidas. É o que me traz ao Jirau, o desejo de visitar o local de nossas histórias, de ver a cidade pelo ponto de vista daquelas e daqueles que um dia foram contadores e hoje são contados. Uma tentativa de aproximação, de reconstrução que é sempre falha, porque, na verdade, tudo mudou. O morro não é mais o mesmo. O presídio nem existe mais, agora é apenas uma pequena construção sendo tomada pela vegetação e consumida pelo tempo.

Um dia, Paula e Ricardo estiveram aqui. De cima do morro vejo a estrada de chão que dá acesso ao topo, malcuidada, cheia de buracos e galhos caídos, e, embora o caminho tenha mudado, se fosse permitida uma sobreposição de tempos, o que eu veria seria o carro de Ricardo aparecendo e desaparecendo em meio à vegetação da estrada sinuosa.

Paula costuma contar que o dia mal clareava quando eles saíram para colocar o plano em prática. O céu de Horizontes amanhece em tons avermelhados na direção dos morros. A cidade ainda vazia, o comércio fechado, poucos veículos na rua, eles não devem ter enfrentado nenhum problema para chegar ao pé do morro. De carro, a subida é fácil e rápida, tão rápida que Paula não precisou se confrontar com as más lembranças que a estrada provocava nela.

Logo na primeira barreira de acesso ao presídio, ela percebeu que Ricardo era bem conhecido pelos funcionários. Ele parou apenas para uma conversa amistosa e rápida com o agente penitenciário e explicou, como se fosse algo casual, que estava acompanhado de uma estagiária. Nenhuma pergunta, nenhum pedido de identificação, a cancela foi levantada. Na segunda guarita, apenas um leve movimento de cabeça entre ele e o agente foi o suficiente para garantir a passagem. Entraram na área de segurança sem maiores obstáculos. Era um edifício pequeno e antigo, com uma outra construção nos fundos do terreno, o anexo. Ao contrário do que Paula imaginou, não havia pesados portões de ferro nem muros altos com postos de vigia impedindo a entrada.

Hoje eu sei que era uma penitenciária para condenados por crimes leves, mas Paula nunca havia ouvido falar em penitenciárias de regime semiaberto e aberto e estranhou por ser muito diferente das vivências que teve na prisão. Ela se preparou para lidar com um espaço que em tudo lembraria o que viveu nos cativeiros pelos quais passou, mas viu com surpresa presos que circulavam livremente pelo pátio; depois soube, por Ricardo, que alguns tinham permissão para trabalhar fora durante o dia, então o reduzido esquema de segurança e a cerca simples de rede de arame que delimitava o local fizeram mais sentido.

Hoje nem sinal das cancelas, nem da cerca. Apenas alguns arrimos resistiram ao tempo, inclinados, ameaçando cair e com partes da estrutura de ferro exposta. Ando na direção do que era o estacionamento, uma área do terreno tomada por mato alto. Ricardo deixou o carro ali e pediu que Paula o esperasse enquanto ele ia conversar com o diretor do local.

Ela ficou sozinha no carro, aguardando que nessa conversa ele cumprisse com o combinado de pedir a vigilância discreta de algum agente penitenciário; assim, quando Marcela fosse libertada, Kai seria preso. Durante a espera, ela observou o movimento da casa prisional mais com curiosidade, não teve qualquer motivo para sentir medo. O horror veio depois.

Quando Ricardo retornou, avisou para Paula que seguiriam andando até a sala onde estava a cabine de íons. Ela saiu do carro e olhou a paisagem abaixo, a visão era de uma cidade que seguia com sua vida rotineira e banal. Da mesma forma que vejo agora, uma cidade que, entre o mar e os morros, parece minúscula. Abaixo-me e pego um pouco de terra com as mãos, lembrando das leituras sobre o local: território Guarani antes de ser uma sesmaria. Nunca foi terra de ninguém. Um passado digno de ser visitado.

Eles andaram por um caminho através da vegetação rasteira que cercava o edifício até chegar ao local onde Ricardo escondia a cabine de íons. Uma porta de metal com cadeado, na parte de trás do terreno, dava acesso ao anexo. Após destrancar a porta, passaram por uma sala vazia. A umidade e problemas no reboco denunciavam o abandono do local. Na sala seguinte estava Sankofa, a máquina. Ela dominava o ambiente, que tinha ainda uma mesa com um fogareiro, dois geradores e galões de gasolina. Tudo ali girava em torno das tentativas de Ricardo de fazer a máquina funcionar, e nem de longe lembrava o Centro Tecnológico. Uma lâmpada iluminava bem a área da Sankofa, mas uma parte mais distante da sala se mantinha na penumbra; o cheiro era de combustível misturado com umidade.

O dispositivo que foi conquista, excitação e símbolo da amizade com Marcela estava ali. Mas a invenção, prova cabal do que eram capazes de fazer, precisava ser destruída. A cabine de íons estava desfigurada da Sankofa que foi um dia. Contudo, aparentava atividade. Ricardo começou a prepará-la para o longo dia. Ela estava conectada aos geradores e tinha uma alavanca que Paula não reconheceu.

"Não mova a alavanca. Ela conecta o aparelho à energia do edifício, mas não confio na rede elétrica, parece precária e sem manutenção. Tenho preferido usar os geradores, são mais seguros."

Enquanto Paula olhava com curiosidade as mudanças no dispositivo, Ricardo, concentrado, fazia os ajustes necessários para a chegada de Kai. Seria um blefe, mas precisava parecer real.

Paula conta que naquela altura lamentava que a amiga não fosse viver esse dia como protagonista, ninguém mais do que ela mereceria participar de todo o trabalho para colocar o dispositivo em funcionamento. Tudo naquele experimento tinha a assinatura de Marcela.

Foram horas de ajustes na cabine de íons até ela parecer funcional, exceto pelo fato de que acioná-la não era o mesmo que fazê-la transportar alguém através do tempo, e os dois sabiam disso. Nem mesmo Marcela tinha ideia de como resolver esse problema. Sankofa foi feita para viagens ao futuro, mas ninguém sabia qual comando era necessário.

Ricardo entrou e saiu da cabine várias vezes, ficava imóvel, esperando algo acontecer, até desistir, frustrado. E quantas tentativas mais não foram feitas no tempo em que ele trabalhou sozinho naquela sala? Paula dizia para si mesma que era melhor assim, ninguém iria usar aquela cabine para ir a lugar algum. Nunca mais. Observando as tentativas do professor, ela teve uma recordação fugidia. Algo que foi dito a ela no futuro, algo relacionado ao portal. Dito por quem? Ricardo interrompeu sua concentração.

"Quando te encontrei no Centro Tecnológico, estava tudo destruído. Imagino que seja a energia que tua passagem liberou. Talvez seja necessário muito mais energia do que temos para a travessia."

Isso era o que ele pensava. Não é o que Paula costuma contar. Segundo ela, na ocasião em que voltou do futuro estava tão atordoada que não tem ideia de quanto tempo ficou desacordada; no entanto, assim que retomou a consciência, pegou um pedaço de ferro e golpeou o dispositivo que permitiu seu retorno. Hoje sabemos que foi em vão. Foi tarde demais para impedir a passagem de Kai, e insuficiente para impedir Ricardo de reconstruir a máquina. Desesperada e exausta, provavelmente desmaiou até ser encontrada pelo professor.

Observando mais uma tentativa dele em provocar um deslocamento para o futuro, Paula disse:

"Ricardo, não queremos que essa máquina funcione hoje, né?"

"Não para eles. Talvez, se for para mim. Não me peça para desistir dessa ideia. Talvez Kai saiba o necessário para operar a máquina."

Aí residia toda a esperança do professor. Ricardo realmente achava que o saldo do dia poderia ser sua própria travessia pelas mãos de Kai. Ao ver o olhar espantado dela, o professor continuou:

"Eu não preciso de tua autorização para ir, assim como tu não precisou de ninguém quando usou a máquina pela primeira vez."

Ele não iria, não tinha qualquer possibilidade de ir. A cabine de íons negava de modo insistente essa resposta. Em parte, isso a tranquilizava, não podia correr o risco de alguém mais levar para o futuro um conhecimento que ameaçasse a frágil relação de poder entre os Grupos e o Clarão da Morte. Tampouco poderia acontecer de alguém voltar ao presente disposto a alterar a história, como Kai agora tentava. Por outro lado, não saber o que tinha feito a Sankofa se tornar operante a deixava receosa de estar lhe escapando algo.

"Ainda que soubéssemos como te fazer ir, a Sankofa é como um portal. Ele te lança em um deslocamento, não vai contigo. Não tem como voltar."

"Tu voltou. E mesmo que não aconteça, tanto faz, não tenho qualquer apreço pelo presente."

No futuro em que ela esteve, o portal seria destruído logo após sua travessia, justamente para evitar o retorno de mais alguém. A passagem de Kai foi um imprevisto, não haveria outro.

Então lembrou. Em frente ao portal, pronta para fazer a travessia, enxergou um homem do outro lado da sala se despindo de seu traje de proteção. Ao mesmo tempo, a mulher explicava o que era necessário para provocar a travessia. Não era um botão, uma senha ou algum comando informatizado. Era algo que ela deveria *fazer*.

Paula e Ricardo escutaram a porta da frente se abrindo, em seguida Kai entrou na sala conduzindo Marcela com o cano de uma pistola grudado nas suas costelas.

A porta da frente pela qual Marcela passou e que finalmente a levou ao reencontro com o seu dispositivo. Será que nas condições em que estava havia espaço para alguma curiosidade? Para se surpreender com a aparência do que um dia foi Sankofa?

Encaro a porta que leva para a sala em que tudo foi decidido como se ela em si fosse um portal. Como se por trás dela houvesse algum segredo a ser revelado, como se ao abri-la eu fosse encontrar Paula, Ricardo e Marcela em seu último ato.

Não é fechada com cadeado, como Paula descreve, ainda assim está trancada. Eu forço, bato, chuto, lanço o peso de meu corpo contra ela. E nada. Neste ponto me sinto próximo a Ricardo. O tempo não quer se abrir para mim.

14. Eu ouço, eu guardo – Mate Masie

"Mate Masie: o que eu ouço, eu guardo. Precisei ir para o futuro e voltar para compreender a gramática das Adinkras. Por muito tempo não fui mais do que uma curiosa, conhecia apenas Sankofa, e mesmo assim superficialmente. Agora posso dizer: eu estive em Matemasie, Mate Masie está em mim."

Palavras de Paula. Tem frases que ela sempre repete: "O futuro chega todos os dias e cada momento é semente de amanhã". O suficiente para que eu não esqueça. Mate Masie: eu ouço e guardo. Sankofa: para haver futuro é necessário existir o passado, não é possível apagá-lo nem viver como se nada tivesse acontecido.

O que conto é o que Paula me contou. Eu ouço, eu guardo.

Estou em um cenário vazio, o local de tantas histórias que conheço, mas elas são mais vivas em mim do que nestas árvores, neste concreto ou nesta porta. O tempo da memória não é o mesmo da natureza, mas da natureza posso fazer ferramentas que me ajudem a criar novas memórias; e, com uma pesada pedra, entorto a porta de metal o suficiente para abrir um vão, pequeno, mas que me permite passar. Olho antes de entrar e a escuridão me olha de volta.

Marcela passou por aquela porta conduzida por uma arma. Paula se impressionou com a aparência da amiga, ela estava pálida, olhos inchados e mais magra. A visão da pistola a assustou, mas Paula sabia que Kai teria de largá-la, não tinha como atravessar o portal trazendo uma arma do Clarão da Morte, tanto quanto também não seria possível levar a pistola caso o deslocamento para o futuro acontecesse. Cada época com seus armamentos e munições, pelo menos isso.

Desde o início, a ideia de Paula e Ricardo foi atraí-lo com a promessa da viagem no tempo em troca da liberdade de sua refém. Marcela era especial, pois ela e sua linhagem teriam o conhecimento-chave para os estudos sobre imunidade; perdê-la poderia significar perder o futuro. Isso sem contar o afeto que tinha pela amiga. Por isso, quando Kai largou Marcela e pegou Ricardo em seu lugar, para forçá-la a operar a máquina, Paula sentiu um certo alívio. A partir dali, esperava a intervenção do agente penitenciário a qualquer momento.

Ela pensava em Kai como um coágulo no tempo, como ela mesma foi no futuro. Pois se ele veio para o presente, era no presente que deveria ficar.

"Tu precisa me dizer os dados para programar a cabine", Paula blefou para ganhar tempo.

"Não é você quem vai operar a máquina. E eu já disse à minha mulher tudo o que ela precisa saber."

Ela sentiu nojo das palavras de Kai; por outro lado, ficou satisfeita por serem a evidência de que ele sequer desconfiava que o funcionamento da Sankofa era apenas acidental. E melhor ainda, não suspeitava que era impossível marcar uma data específica para o deslocamento. Ricardo, por sua vez, se mantinha calmo. Quem sabe até esperançoso de que sua orientanda pudesse concluir a invenção e lançá-lo para o futuro.

Marcela iniciou a Sankofa pela última vez. A quantidade de energia exigida pela máquina a obrigou a pedir que Paula abastecesse o gerador com mais combustível. Enquanto elas repetiam ações que já haviam feito várias vezes no Centro Tecnológico, Paula aproveitou que o ângulo em que estavam não permitia muita visibilidade aos dois homens e então, próximo da amiga, cochichou: "Não vai acontecer". Inicialmente, Marcela não demonstrou qualquer reação, mas em uma breve oportunidade falou o mais baixo que pôde: "Se tudo der errado, usa a eletricidade". E seguiu aparentemente concentrada em operar a Sankofa.

Pela primeira vez, elas realizavam o processo com a consciência de que a máquina já havia funcionado uma vez. Paula seguia esperando o agente penitenciário entrar a qualquer momento. Por que demorava tanto?

Nunca saberemos o que Marcela pretendeu; o fato é que, quando não restava muito mais o que fazer, avisou a Kai que ele poderia entrar na cabine. A partir daí tudo aconteceu rápido demais: ele empurrou Ricardo, que caiu e bateu a cabeça com força no chão, em seguida pulou sobre Marcela e a segurou firme pelo braço. Enquanto Paula via, perplexa, a amiga ser puxada para dentro da máquina, foi se lembrando das palavras da mulher diante do portal.

"Preste atenção, é bem simples. Você só precisa se posicionar no portal e dançar!"

Paula gritou para que a amiga se mantivesse imóvel. Mas ninguém a escutou. Dentro da cabine, Marcela reagiu à agressão e lutou para se desvencilhar de Kai. Ele se desfez da arma para usar as duas mãos, com uma segurava o braço dela, com a outra procurava se proteger de seus golpes. Os movimentos que fazia para se esquivar eram exagerados. A recordação não veio rápida o suficiente para superar o tempo preciso de acionamento da máquina. Marcela e Kai desapareceram.

Paula gritou e correu para dentro da cabine inativa. A energia necessária consumiu o combustível. A máquina precisava de mais. Ricardo, ainda ferido na queda, demorou alguns minutos para voltar a raciocinar, então se levantou, pegou a arma e apontou para ela:

"Vai, Paula! Faz funcionar!"

Encolhida no chão, ela chorava e tremia. O pensamento acelerado tentava encontrar alguma solução para o desaparecimento da amiga, mas no fundo sabia que a tinha perdido, ela havia sido lançada para algum ponto desconhecido do futuro.

Agora a sala onde Marcela desapareceu é só escuridão. Não há nada para se ver aqui dentro e o ar é carregado. Nenhum traço de Sankofa, a lanterna do celular só mostra entulho no chão e paredes escurecidas.

Volto para a área externa aliviado, não sei se é a energia do ambiente ou a história que carrego comigo, mas senti o lugar opressivo. Talvez eu não deva falar que está vazio, mas que tem a tristeza condensada de Paula, Marcela e Ricardo.

Paula perdeu a amiga pela segunda vez. Como foi possível ninguém aparecer? Um lugar de segurança, um lugar cheio de pessoas armadas. Ninguém apareceu. A única pessoa empunhando uma arma era um professor universitário sem qualquer disposição de dar um tiro. E mesmo ele, derrotado, logo largou a pistola de lado para uma última tentativa desesperada de fazer a cabine funcionar.

A raiva ajudou Paula a reunir forças para se erguer e questionar o professor. "Por que o agente não veio? Por que ninguém se interessou em ver o que estava acontecendo aqui?"

"Eu combinei de não virem. Um experimento, eu expliquei. Tenho essa autonomia. Este terreno é da universidade, acordo entre instituições. Esta sala é para meu uso. O único pedido que fiz ao diretor do presídio foi para permitir a entrada de Marcela e Kai. Nada mais."

"Tu queria que acontecesse!", Paula o acusou.

"Não! Quer dizer, sim, mas não com Marcela. Nunca menti pra ti. Tu não entende, era pra ter dado certo, eu pensei que ele quisesse levar qualquer um, e qualquer um poderia ser eu."

A voz de Ricardo estava trêmula, mesmo assim ele seguia tentando fazer a cabine voltar a ser Sankofa. Cada um dos dois tinha suas próprias lágrimas. Paula pegou o revólver que Ricardo havia abandonado ao lado da Sankofa. A dor de ter perdido a amiga era imensa.

"Tu não entendeu nada, Ricardo! Eles sempre quiseram Marcela. Existe mais alguém no mundo pra ti que não seja tu mesmo? Tá vendo o resultado da tua ambição científica? Perdemos uma pessoa! Perdemos Marcela! Que merda, Ricardo! É alguém que tu conhece! Isso não te diz nada?"

"Vai, atira em mim! Atira! Essa maldita máquina parece que precisa de ódio pra operar. Atira, Paula! Eu não te odeio o suficiente ainda!"

Ela sabia que não era o ódio, nem a dança, pois não dançou para atravessar o portal no futuro. Ela entrou correndo e gritando até o deslocamento no tempo acontecer. Tampouco havia dançado em sua primeira travessia acidental no Instituto de Física. Ela estava chorando; e, soluçando de tanto chorar, começou a se balançar em uma tentativa de acalanto. É isso: não era o ódio, não era a dança. Era o movimento. Era preciso se movimentar sob os feixes de luz, como fizeram Kai e Marcela enquanto lutavam dentro da Sankofa.

Com a pistola ainda apontada, Paula mandou que Ricardo saísse da máquina. Mesmo arrasado, ele percebeu que ela mal sabia segurar uma arma, por isso apenas a ignorou, deu-lhe as costas e voltou a mexer na Sankofa. Então, Paula largou a arma e, com calma, se aproximou de um dos dois últimos galões de combustível que havia sobrado e o empurrou com o pé até virar e espalhar gasolina pelo chão. Ricardo correu em direção a Paula, mas hesitou entre impedi-la ou isolar o líquido da máquina, em vão. Lembrando das palavras de Marcela, Paula foi até a cabine de íons e acionou a alavanca que ligava à rede elétrica da penitenciária. Foi demais para a Sankofa e para a energia do edifício. Faíscas anunciaram o curto-circuito, em seguida a fumaça e as labaredas. Os dois se apressaram em sair, antes que o fogo atingisse o botijão de gás do fogareiro. Em pouco tempo o anexo do presídio foi tomado por fogo e explosões. Do lado de fora, Paula ainda parou para olhar as chamas saindo pelas grades das janelas antes de correr para os fundos do terreno. Logo escutou gritos e passos se aproximando. Enfim, os agentes. Quando chegou na cerca, escalou a rede de arame, saltou para o mato fechado e desceu o morro em fuga, sem seguir pela estrada; já conhecia prisões demais e continuava sendo apenas uma jovem negra, expulsa da universidade e que havia destruído o patrimônio público. Agora, pela segunda vez.

Ricardo ficou olhando o incêndio sem saber o que fazer, enquanto o fogo consumia a máquina que poderia ter mudado sua vida.

A mãe de Marcela nunca soube da verdade sobre o desaparecimento da filha. Rafael, o outro nome para Kai, foi o principal suspeito. Nunca encontrado. A polícia desconfiou da pessoa certa, só não tinha como solucionar o mistério. No dia seguinte ao incêndio, os jornais noticiaram que presos haviam colocado fogo em uma casa prisional. Nenhum ferido. E antes do anoitecer a notícia já estava esquecida.

Meses após a destruição da Sankofa, Paula conseguiu um emprego como atendente telefônica de plano de saúde. Um dia, almoçando em um restaurante movimentado perto do trabalho, enquanto comia e lia notícias no celular, esbarrou com a informação: a Organização Mundial da Saúde alerta ter identificado uma cepa desconhecida de coronavírus em seres humanos, na Ásia. A capacidade de transmissão e de letalidade do novo vírus preocupa as autoridades sanitárias. Paula buscou o contato de Ricardo no zap e enviou o link da matéria, digitando abaixo: começou.

Conforme o tempo foi passando, Paula entendeu por que caminhos deveria orientar sua vida. Estudou Biologia e se aproximou de coletivos sociais e das lutas das populações originárias e de suas culturas. Passava longos períodos em comunidades periféricas, contribuindo na organização do enfrentamento à pandemia. Informação e solidariedade. A vida de um depende de todos, a vida de todos depende de cada um. Um conhecimento ancestral que precisava ser reconhecido e resgatado.

"Uma pandemia que desconhece fronteiras deveria ser o suficiente para que as pessoas se conscientizassem de que somos todos filhos da Terra, não deveria? Mas não será."

Inconformada, ela repete essa frase com frequência. É algo que realmente a intriga sobre os seres humanos. Depois, olha para mim e alerta: "Te prepara, tempos difíceis nos esperam".

Hoje, dezoito anos e duas pandemias depois, sou eu o estudante de Biologia. Em nome de Paula, de Ricardo e de Marcela.

Essa é a história de como perdi minha mãe.

Eu era muito pequeno e não tenho lembranças dela. A única mãe que conheci foi minha avó. Também tenho minha família ampliada, constituída por acidente, mas que vejo como tendo muito valor. Paula faz parte dela desde sempre. Tenho lembranças de mim muito pequeno acompanhando-a em suas andanças culturais e me ensinando valores de antigas tradições. Ricardo chegou depois. Eu tinha pouco mais que cinco anos quando, um dia, minha avó me apresentou a ele. "Foi professor de tua mãe", ela disse. Naquele momento eu não entendi o jeito dele me olhar, parecia emocionado. Não faço ideia do que ele disse para minha vó que justificasse aquela visita, mas suspeito que a seduziu com os reiterados elogios à inteligência de Marcela. Ricardo passou a ser como um tio que de vez em quando aparece, sempre disposto a acompanhar meu crescimento e meus estudos. O que o move? Culpa? Solidão? Esperança de estar por perto caso Marcela retorne? Não sei. Posso dizer que, após anos de convivência, hoje ele é um amigo com quem tenho longas conversas sobre ciência.

Eu sou o ponto em comum entre Paula e Ricardo, que seguem seus caminhos como paralelas que não se encontram. Os dois são as pessoas em quem mais confio depois de minha avó, cada um a seu modo me dedicou presença e cuidados.

Não tenho mais nenhum motivo para permanecer aqui. Este lugar não tem segredos para me contar, nenhuma revelação para fazer. E nem as árvores, o vento ou as paredes queimadas podem dizer onde está minha mãe. Este é o cenário, mas os cadernos de Paula têm mais vida.

Vejo Paula menos do que gostaria, mas sei que ela nunca está muito distante. Quando não está trabalhando nas comunidades, ou aprendendo sobre valores ancestrais que nos ajudam e ajudarão a sobreviver, é comum encontrá-la na praia, contemplando as águas, ou perto daqui, no alto deste morro, olhando a paisagem de cima e de longe. Dizem que observa a cidade em constante transformação, mas eu suspeito que à noite ela olha as estrelas, aquelas que sabe que ainda estarão brilhando no céu de Laira. E durante o dia imagino que ela fique esperando Marcela aparecer, ainda a mesma guria em idade e aparência de mais de uma década atrás. "O futuro pode ser um dia qualquer", ela costuma dizer.

Coube à Paula parar a máquina para que o movimento fosse de todos nós.

Agora é a minha vez de escrever a história: meu nome é João.

Agradecimentos:

Aos meus filhos, que constantemente me apresentam o amanhã.

À Nathallia Protazio, pela leitura generosa.

Ao Matinal Jornalismo, pelo espaço para que os primeiros esboços desta história ganhassem vida como folhetim.